ごとう有一

絹さんのあの世学

東京図書出版

絹さんのあの世学◇目次

一、再　会

暑さに立ち止まり、タオルで汗を拭いた国見俊亮《くにみしゅんすけ》は、天を見上げて大きく息を吐いた。

空の青さすら霞むような日差しの強さだ。

「数彦……。おまえ、どこにいるんだよ……」

半ば無意識のうちに呟いたその言葉。その内容に、あらためて気が付き、俊亮は戸惑った。

しかし、すぐに、その呟きの原因に辿り着いた。

昨夜のテレビだ。秘境を訪ねるドキュメンタリー番組。人を葬ったとされる深い峡谷の入り口。ナレーションが低い声で、こう問いかけた。

「人は……死んで、どこへ行くのだろうか……」

その言葉の響きが、頭の中に強く残っていた。

『あの時……、ちょっと、思い出したからな……』

俊亮は、言葉のもとになっているものを探り当て、なぜかホッとした。

それにしても今日は暑い。東北、仙台では、お盆が過ぎて八月の下旬にもなれば、さほどの暑さは感じなくなるのが普通だが、今年は特別だ。

葛尾田《くずおだ》駅で電車を降りてからまだ五分程度しか歩いていないのに、シャツは汗でびっしょりだ。俊亮は手提げ袋を肩から下ろし、ペットボトルを取り出して、ぬるい麦茶を一口飲んだ。

ふと、道路の向こう側から、数彦がこちらを見ているような気がした。

「うん？」

強い日差しでできた深い木の影のせいだったのだろうか。

人影を見たように感じた場所には、誰もいなかった。

『いるわけないし……』

俊亮は、また坂道を歩き出した。


だらだらと続く上り坂。木陰の道を選びながら、さらに十数分歩いた。

駅から霊園の入り口までは五分程度で着くのだが、駅より上のひと山全部が墓地。霊園に入ってからが遠いのだ。

『どこかに地図は、ないのかな……』

そう思いながらしばらく歩くと、歩道脇の草むらに、区画番号の書いてある板が突き刺さっていた。その数字、なんと、数彦の墓のある区画だ。

その小さな板の手前は、踏み固められた地面となっていた。そこから、刈り取られて間もない草地の中に土の筋があり、左手奥のやや急な上りの斜面に続いている。上にはまばらに木が茂っていて、その向こうには墓地が広がっている。そんな感じの斜面だ。ちゃんとした道には見えないが、区画番号を書いた板は、おそらく管理作業のための道を示しているのだろう。俊亮は、とりあえず、その筋に従って、斜面を登り始めた。

斜面の上にはさほど大きくない木が三本かたまって生えており、そこは、ちょうど、向こうから来る歩道の突き当たりになっていた。その歩道の両側には墓が整然と並んでいた。左、手前から三つ目の墓の裏で草むしりをしている人がいた。北山聡一だ。俊亮は、北山と、数彦の墓で待ち合わせていた。ということは、いきなり、目指す墓の前に出たようだ。

『なんか、奇跡的だよな……』

そう思った俊亮だが、同時に、薄気味悪さも覚えた。何千もの墓の中のこの墓。何か、得体の知れない力で、ここまで引き寄せられたような感じがした。先ほどの、木陰に数彦が見えたような、あのときの印象も残っている。

北山は、手に、引き抜いた草を持っていた。墓の前に出てきて、ポンと草を落とすと、そこには抜き取った草の小さな山ができていた。

「よお」、俊亮は、声をかけながら、木の陰から歩道に出た。

北山は、悲鳴を上げて後ろにのけ反った。

「な、なんだ、俊亮か……。あ〜あ、びっくりした」

「あれっ……。驚かした……かな？」のんびりした感じで俊亮が答えた。

「驚かしたかじゃねえだろうよ……。ここは墓場だぞ。なんでそんなところから出てくるんだよ」

俊亮は、ただ、簡単に経緯を説明した。

「まあ、ただ、それだけなんだけれどな」

「何が、それだけ、だよ……。ここの区画の入り口は向こうの方にあるんだぜ」

北山は、墓の右斜め後ろの方向を指差した。

「霊園の入り口に、でかい地図があるんだから、ちゃんと調べてから来いよな」

北山は、抗議の意を込めて俊亮に言った。

「地図？　気が付かなかったけど……」

「うん？　ああ、そうか……。まあ……おまえならそうなのかもしれないな……」

北山は、俊亮の性格を思い出した。霊園入り口の正面にある大きな地図。普通の人間なら気付かないなどあり得ないのだが、俊亮なら、何気なく通り過ぎてしまうかもしれない。

「まあ、驚かして悪かったよ」

「ああ、しかし、よく、こんなわかりにくいところに、ヒョイと出てくることができたな」

「ああ、ちょっと不思議なような……」

「不気味なような……といったところだな」

「うん、まあ、実はそうなんだよな……。それにしても、聡一、久しぶりだな」

「そうだな……。大学を出て、東京で一度会って、だから、四年……半ぶりかな？」

「そうか……。あの時以来で、もう、四年半ぶりなのか……。あっという間だったな」

「ああ……、本当に、あっという間だったよな……」そう言ってから、北山は墓の方を見て呟くように付け足した。

「本当に、なあ……。あっという間に、数彦は向こうに行っちまった……よな」

北山の目には、涙が溜まっていた。

国見俊亮と北山聡一、そして死んだ落合数彦は大学の時にサークルで一緒だった。サークルとはいっても、日本文化に親しむをテーマに、地域の歴史を研究しながら、付近を旅行したり、ゲームや囲碁、将棋をやったりと、わかったようなわからないような範囲の中で遊ぶ集まりだった。そして、そのサークルをきっかけに、仙台での学生時代、多くの時間を三人は一緒に過ごした。

しかし、大学を卒業して、東京、大阪、仙台と、就職で各地に散ってからは、忙しさもあって、会う機会もほとんどないまま時が過ぎていった。

そして、卒業してちょうど六年が経った今年の四月初め、落合数彦が死んだ。

その時には、東京から仙台に戻って生活していた俊亮は葬儀に参列したが、大阪に就職していた北山は、長期の海外出張とも重なって葬儀に出ることができなかった。

「ああ、本当にな……。しかも、突然だったからな」俊亮は、数彦が死んだ頃のことを思い出しながら、返事をした。


「俊亮、その袋に入っているの、水か？」北山が、俊亮が肩にかけている手提げ袋の、ペットボトルらしき所を指して聞いた。

「いや、うちで入れてきた、麦茶だけど……」

「その麦茶、飲めるのか？」

「あたりまえだろう。飲むために持って来たんだから」

「じゃあ、少し飲ませろ」

俊亮からペットボトルを受け取った北山は、一気にボトル半分ほどの麦茶を飲んだ。

「フ〜ッ、助かった……。喉が、からからだったんだ。しかし、ペットボトルに麦茶を入れて持ち歩くとは……、学生の時のまんまって感じだな」

「まあ、昔からの習慣だからな……。で、草取りをしていたのか？」

「ああ……、まあ、ちょっと気になってな」

「花もないし……、新盆なのに……、誰も来なかったみたいだな」

「まあ、そんな感じだな……。霊園を管理している人がやっている以上のことは、何もやっていない……。そんなところなのかな」

「これじゃ、もっと早く来てもよかったのかもしれないな……。おれは、ここの近くに住んでいるんだから」

数彦の納骨は五月、四十九日の日に行われたらしいが、内輪でということで、友人は誰も呼ばれなかった。俊亮は、納骨に声をかけられなかったので、その後も遠慮して、今まで墓参りには来なかった。

「まあ、距離は関係ねえよ。家族に遠慮しちまうっていうのもあるしな……。まあ、今日、二人がこうやって来たんだから、これで、いいんじゃないのか？」

「ああ……、そうだな」

メールでの打ち合わせ通り、北山は、花と、手桶に水を汲んで持って来ていた。その水を墓にかけ、次に花立てに入れ、花束をいけた。

俊亮は、手提げ袋から線香の束とライターを出し、火をつけて墓の前に供えた。煙が真っ直ぐに昇ってから乱れるように広がった。

二人は、静かに手を合わせ、しばらく動かなかった。

手を下ろしても、北山はじっと墓を見たまま黙って立っていた。やがて、区切りをつけたように俊亮の方を向いた。

「それじゃ、ぼちぼち帰るか」

「ああ、そうだな。どれどれ。と、そうだ、まだ早いけれど、街に出て、ビールでも飲むか？」

「ああ、確かに、ちょっと早いけれど……、でも、おれたちにとっては、数彦の墓参りをした特別な日だからな……。しかも、こう暑いとな……。うまいだろうな。おい、数彦、おまえもついて来いや。一緒にビールを飲もうぜ」北山は、墓に向かって呼びかけた。

「ああ、そうだ数彦、一緒に来いよ」俊亮も声をかけた。


北山の後ろについて歩いて行くと、ちゃんとした歩道を通って、区画から出て、広い道に出ることができた。先ほど、墓に声をかけたせいか、俊亮は、なんだか、数彦が二人の後ろについて来ているような感じがした。

「次の電車はすぐにあるのかな？」俊亮が、尋ねるとはなく北山に声をかけた。ここから仙台駅まで電車で二十分もかからないが、このローカル線は一時間に二、三本しかない。

「あっ、おれ、車なんだ」北山が言った。

「えっ？　車って？」驚いて、俊亮が聞き返した。

「ああ、今朝まで山形だったろう。一昨日、仙台に着いてから、ふと車の方がいいやって気になってな……。それで、レンタカーを借りて動いていたってわけよ。だからまず、車、返しに行ってからビールってところだな」

「空港まで返しに行くのか？」

ここから空港までは、かなりの距離がある。

「あ、いや、駅だよ、仙台駅の近く……」


北山の借りた車は、少し歩いたところの小さな駐車場に置いてあった。うまく、半分は木陰となっていたが、それでも中は暑かった。

「クーラーが利くまでの、少しの辛抱だな」エンジンをかけた北山が俊亮に言った。

「ああ。でも、車まで近くてよかったよ。この日差しの中、駅から歩いてくるのは、ちょっとキツかったからな」シートベルトを探りながら俊亮が言った。

「歩くと、かなりあるのか？」

「いや、二十分ちょっとだけど……、ただ、この暑さだからな。上り坂だったし」

「ああ、そういえば、ちょっと急なところもあったな……。まあ、大変だったな」

そう言いながら、北山は、車をゆっくりと発進させた。

駐車場を出ると、すぐに、先ほど俊亮が駅から歩いてきた道にぶつかった。そこを、車は右折した。

「なあ……、俊亮……」ハンドルを戻しながら、北山が俊亮に声をかけた。

「うん？　なんだ？」

「あの……、数彦が死んだ頃のことだけれどな……。少し説明してくれないかな」

「数彦が死んだ頃の……ことって？」

「ああ……。自殺らしいっていう……、その辺のことだよ」

「そのことか……。まあ、おれが知っているってことは、おばさん……、数彦のお母さんな、それと妹さんから、葬儀の時にこっそりと、そう聞かされた……、ただそれだけなんだけれどな」

「ああ、前に、俊亮から、そうは聞いていたんだけれどな……。後で考えると、どうも、何か、変な感じがするんだよな」

「変な感じ……って？」

「うん。何か、な……。その……、葬儀の時に、しかも、表立っては事故として片付けていることを、いくら、本当の親子ではないっていっても、ほとんど面識のないおまえに、わざわざ自殺らしいなんて言うかな？」

「どういう……ことだ？」

「だから、変な感じって……、まあ、そういうことだよ……」

「う〜ん……。そうか、変な感じか……。そうなのかな……」

「あれ？　聡一、おまえ、今なんて言った？」北山の話を頭の中で、今一度辿って考えていた俊亮が、急に気が付いて北山に聞いた。

「うん？」

「いや、本当の親子でないって……、今、そんなこと言ったよな……。それ、数彦とおばさんが……っていうことなのか？」

「ああ、そうだけれど。あれ？　おまえ、知らなかったのか？　数彦のお母さんは後妻さんで、妹さんも、そのお母さんが連れて来た子で……、だから、数彦とは血が繋がっていないってこと」

「え〜っ。そんなこと、知らなかったぞ、おれ……」

「へえ〜、そうか……。そうなのか……」北山は、少しの間考えてから、続けた。

「まあ……、そういうこともあるんだな。確かに、三人でいるときには、そんな話はしなかったけれどな。でも、おれは学生時代から知っていたから、当然おまえも知っているもんだとばかり思っていたんだけれど……」

「そうだったのか……」

「大学に入ってすぐに親父さんが亡くなって、結構、孤独だったみたいだぞ」

「えっ？　親父さんが亡くなったのって、大学に入ってすぐだったのか？　へえ……、それも知らなかったな……。うん？　あっ、そうか。おれ、聡一たちと付き合いだしたの、一年の冬頃からだったからな」

「ああ、そういえばそうだったな……。確か、忘年会の時からだな」

「そうだったのか……、あの当時、親父さんを亡くしたすぐあとだったんだな……。今まで知らなかったってことが、ちょっと、ショックな感じだよ」

「まあ、そういうことなら、そうだろうな……。別に隠していたわけじゃないんだけれどな……。もちろん、数彦だって、俊亮に隠すつもりなんてなかったろうしな」

「ああ、それはわかるよ……。確かに、わざわざ話題に出すようなことでもないだろうからな」

「ああ、まあ、それに俊亮は、そういう、人の、個人的なことにはあまり興味を持たないし……、そもそも、人の感情の動きには鈍い方だったからな……」

「うん？　人の感情の動きに鈍い……か……。まあ、そうなんだろうな……、否定はできない……かな」

「それで、変な感じ、ということは、聡一……、おまえ、いったい、何が言いたいんだ？」

「うん……、まあ、そんなことだ」

「うん？」

「俊亮……。おまえなら、今話したことで、何となくでもわかったんだろう？」

「あっ、ああ……。そういうことなら……な……。おばさんたちが、何か……ということか？でも、いくら何でもな……」

「ああ……、でも、やっぱり変なんだよ。あんなベランダから落ちるような事故なんてな……。ちゃんと、胸くらいの高さの柵があったんだろう？　あそこは？」

「ああ……」俊亮は、去年の初夏に遊びに行ったときのことを思い出しながら答えた。

同じマンションではあったが、親と別の部屋が手に入ったと、落合数彦が越したあと、招かれて訪ねたのだ。

「いくら数彦が酔っていたからとはいってもだよ……」

「確かにな……」

「ああ……。で、酔っての事故ではおかしいと考えるであろう友達連中には、自殺というイメージを初めから植え付けておいて、それで何とか乗り切った……、そんな感じがしたんだよな」

「それって、やっぱり、おばさんたちが数彦を……」

「ああ、そう、疑いたくなるんだよな……。家族の関係、うまくいっていなかったみたいだし、それに、あいつのうち、かなりの資産家だし……」

「でも、死んだあと、いろいろと確認するため、警察にかなり調べられての結論だったらしいんだけれどな」

「まあ、最初から自殺が疑われていたんじゃないのかな……。自殺なのか事故なのか……。それを決めるぐらいの感覚でな」

「う～ん、小説みたいな話だな……。うん？　そういえば聡一、おまえ、確か、昔、探偵小説に嵌まっていたよな」

「ああ、推理小説は好きだよ。でも、今は、そんな話じゃなくて、だよ」

「そうかな……。やっぱり、発想が小説っぽい感じで……、深読みしすぎじゃないのか？」

俊亮にそう言われ、北山は口をつぐんだ。俊亮も、あえて、それ以上、話しかけようとはしなかった。二人とも黙ったままで、車は仙台駅に向かった。


「で、どこで飲もうか」

レンタカーを返却して、仙台駅前に出てから、北山が俊亮に聞いた。

「あっ、ああ、最近、おれが、時々、飲むところがあるから」

俊亮は、駅に向かった。

「あれっ？　俊亮が時々飲むところって、駅のベンチで缶ビール……ってわけじゃないよな」

「あっ？　まさかな。ハハ、いくら前の仕事を辞めたからとはいっても、わざわざ大阪から出て来た北山聡一さん相手では、そんなことはできませんよ」

「イヤ、わざわざ出てきたわけでもないんだけれどな……。でも、俊亮……、今の仕事、正規の職員っていうわけではないんだよな？」

「正規も非正規もないようなところだな……。一番仕事をしている社長の他は、事務職員を兼ねた社長の奥さんと三十七歳の野村さん、それに忙しい時に呼ばれるおれ、それだけだからな……」

「あれ？　そういえば、ずいぶん前に、そんなこと、電話で聞いたよな。夫婦でやってる会社のバイトのような感じだって……。短期の話だったように覚えているけれど、まだ、そこなのか？」

「ああ……。そうか、そんなふうに話したかもしれないな……。まあ、まだ、そのままだ。あの頃は、こんなに長く続くとは思っていなかったんだよな。でも、ずっと、そのままだ……。あれっ？　そうか、もうじき二年になるんだな……」

「やれやれ……。おまえと話していると、学生の時と同じ感じだよな。それで、忙しい時に呼ばれるって、どのくらいの割合で仕事が入るんだよ」

「平日は、ほとんど毎日だな……。社長さん、毎日、忙しいからね……。で、それこそ、正規みたいに、ちゃんとした契約で毎日やらないかって言われたんだけれど、それじゃ、また、前同じになっちゃうからな……。まあ、そんなこんなで、今日だって、明日休みま〜すってことで、こうやって、気楽に休んでいられるってわけなんだ。ハハハ……」

俊亮は、楽しそうに笑った。


駅と一体のビルの中、俊亮が時折行く店に入った。北山の好みをよく知っている俊亮は、確認もせずに、簡単なつまみと生ビールのジョッキを三つ注文した。ジョッキの一つは数彦のため。それは、北山にも、すぐに理解ができた。

「おまえみたいに優秀なヤツにも、思いもよらぬ欠点があったってわけだよな……」ウエートレスに明るい感じで注文をしていた俊亮をしげしげと見詰めて北山が言った。

「うん？　欠点？」

「ああ、給料はいいけれど、その分忙しい仕事……そういう生活を続けると嫌になっちゃうってことだよ」

「え〜っ、それが、欠点か？　欠点ってほどのことでもないだろう？　おれとしては、どちらかというと、自分のいいところの一つだと思っているんだから……」

「あ〜っ？　仕事を一生懸命に続けると、その仕事が嫌になっちゃうっていうのが、長所だっていうのか？」

「いや、仕事が嫌になっちゃうってわけではないんだよ。仕事は仕事で楽しめるんだけれど、……、でも、そんなことよりも、もっと重いことで……、何ていうのかな……、その……、忙しすぎると、どうも、何のために生きているのか……なんて考えたりしてだね……。挙げ句の果ては、自分の人生が、このまま、その仕事をしているだけで終わっちゃうような……、そんな気がし始めるんだよな」

「まあ、それは、わからないわけでもないような……、う〜ん、いや、やっぱりわからねえな……。そんな気がしただけで、あんなにいい仕事を、あんなに簡単に辞めるのかってなると、やっぱりわからねえな」

「いい仕事って……。まあ……、確かに、給料はよかったよ。だけど、仕事の内容はしんどかったんだぜ」

「大学出て二年目なのにあれだけの給料だぜ。しっかりした会社で、ちゃんとした保証もあって、あんなに貰っていたら、しんどくねえことなんてあり得ねえじゃねえか」

「二年目？　ああ……、前に会ったときのことか……。まあ、給料は、そうだったかもしれないけれど……、とにかく、おれには合わなかったんだよな……。何ていっても、おれには耐えられないくらい忙しすぎたからな」

「やれやれ」

グラスに注ぐのに少し時間がかかると言われたビールがやって来た。それを見て、北山は、次を言うのを控えた。

「それじゃ、まあ、乾杯といこうぜ」運ばれてきたグラスを持って俊亮が北山に言った。

「ああ、それじゃ、まず、乾杯するか。では……、数彦も一緒にな、じゃあ、乾杯」

北山は、二人の間に置いた数彦の分のジョッキにカチンと当ててから、俊亮にジョッキを差し出した。

「ああ、数彦と一緒に……。で、北山、よく来たな、乾杯」

二人はジョッキを合わせ、チャンという軽い音を出してから、ビールを飲んだ。

「フ〜ッ。あ〜、うめ〜。暑かったからな。普段以上にうめえよな……。駅のベンチで缶ビール、じゃなくてよかったぜ」口の周りについた泡を拭きながら、北山が言った。

「そんなこと、するわけないだろう」

「いや……、最近、ゆっくり電話もできなかったから、どうも、おまえの状態がつかめなくってな……。で、俊亮。おまえ、金が底をつきそうになったら、また、ちゃんとした仕事をするって言ってたよな。それで、その貯めた金、まだ残っているのか？」

「えっ？　貯めた……金？」

「ああ……。仕事を辞めるときに、これがなくなりそうになるまで、ゆっくりしているって言ってた、その、忙しい仕事で貯めた金だよ」

「ああ、そうだな……、貯めた……っていうと、何だかな……。あれは、貯めたっていうよりも、ただ、自然に貯まっちゃっただけなんだよな……。もともと、そんなに欲しいものはなかったし、とにかく忙しすぎて、使う暇もなかったからな」

「だから、使う暇がたっぷりある今、まだ残っているのかって心配してるんじゃねえか。あれから、もう、二年半も経つんだぜ」

「まあ、確かに、仕事を辞めて二年半経ったよな……。あの時は、こういう生活なら、三年から四年はもつ、というか、そのくらいでなくなるのかな、という計算だったんだけれどな……」

「うん？　計算違いがあったのか？」

「計算違いというわけでもないんだけれど……、ちょっと予定とは違っているな」

「それじゃ、なにか？　そろそろ、底をつくのか？」

「いや、どちらかというと、逆なんだ」

「逆？」

「ああ、今のバイト……、わりと良心的なところで……、前よりは増えちゃったみたいなんだ」

「あ〜っ？　増えた？　どうして、そんなに、のんびりと楽しい生活をしていて、貯金が増えるんだよ？」

「だから、良心的なバイトで、結構、出してくれるんだよ……。それに、職場で着る服だってこんなもんでいいし、昼飯は職場で出してくれるし……。だいいち、おれ、普段から、あんまり、金がかからないし……」

「まあ、確かに、おまえ自身はそうかもしれないが、でも、彼女でもいれば……。そうだ、そういえば、その、金がかからないっていうことで、どうしても気になるんだけれど、去年だっけ？　彼女ができたようなこと、電話で言ってたよな？」

「あっ、ああ……。そんなこと、話したかもな……」

「やっぱり、何だか歯切れが悪いな……。それで、その後の電話では、そんな話、ちっとも出なかったし……、で、まあ、何というか、ずっと聞きにくかったんだけれどな。その彼女、どうなったんだよ？」

「あれっ？　聞きにくいって割には、ストレートに聞くね」

「まあ、今は聞けそうな成り行きだからな」

「成り行きね……。まあ、こっちの方も……、そんな、成り行きでっていう感じかな……」

「うん？　どういうことだよ」

「だから、成り行きで、同じアパートには住んでいるんだけれどな……」

「えっ？　同じアパート、には？　……うん？　その……、同じアパートっていうのは、同じ部屋っていうことか？」

「いや、同じ部屋ではないよ。おれはおれの部屋、彼女は彼女の部屋……」

「うん？　おれの部屋と……彼女の部屋？　あれ？　その……、部屋っていう意味だけれどな……、え〜と、どう聞いたらいいんだ？　その……そうだ、台所や便所は、二人の部屋、それぞれにあるのか？」

「えっ？　何を言ってるんだよ……聡一。そんなアパートあるかよ？　おれのアパートは、3LDKで……。あっ、ああ、そうか、そうだよね、おれ、アパートって、つい言っちゃうけれど、ちゃんと話すと、マンションの一室を借りているって感じでね……」

「一室……、また、一室かよ。一室って……、うん？　今、その前に……、俊亮、3LDKって言ったよな？」

「ああ、3LDK。だから、部屋は三つあるんだよ。そのうちの一部屋がおれの部屋、もう一部屋が彼女の部屋で、残っている一部屋は彼女の仕事部屋。この仕事部屋は、普段、おれでも入ってはいけないことになっているんだけれど……、まあ、そんなとこだな」

「なんだ、それじゃ、彼女と一緒に暮らしているってことじゃないか」

「いや、だから、一緒と言われてもな……、部屋は別々なんだから……」

「なんか、俊亮の言っていること、はっきりしねえな……。だから、例えば……、その……、将来の結婚を前提にしているとか……、そうなんだろう？」

「ああ……、いや、そういう前提は……、何もないんだよな」

「あのな、俊亮、もう少しわかり易く話してくれよ。一緒に……、いや、同じマンションに暮らし出すとき、おまえ、彼女に、何か言ったんじゃないのか？　結婚しようよとか、何とかよ……。それとも、本当に、ただ単なる成り行きで一緒に暮らし始めた、とでもいうのか？」

「いや、おれとしてはだよ、ちゃんと、絹ちゃんに……、あっ、彼女、絹子っていう名前なんだ。『きぬ』っていう漢字は着物なんかにする布の絹だけれど……、ちょっと古風な名前だろう？　まあ、見かけや性格とは全然違うんだけれどな」

「ああ、古風な感じで、いい名前だよ。だけどな、俊亮、今は、話を戻して、先を続けろよ」

「あっ、そうだよな……。ハハ……、なんかな……、こういう話は、ちょっと照れくさいんだよな……、まあ、だから……、彼女にだな……、結婚して一緒に暮らそうよ、って言ったんだよ」

「上出来じゃねえかよ……。俊亮がそんなこと女性に向かって言えるなんて、思いもよらねえことだよな……。うん、で、そのあと、どうなったんだよ」

「ああ……、『後ろの方はいいけれど、前のほうは嫌よ』って言われたんだ」

「うん？」

「なっ、最初、何のことかわからないよな……。おれも、何を言われたんだか、意味がとれなくて、きょとんとしてしまったんだな」

「ああ……、それで？」少し強く、北山が言った。

俊亮の話の進み方が遅いことに、少し苛立った様子だ。

「うん、まあ、おれの言ったことに対しての返事ということで、言われたそのままだったんだ」

「え？　だから？」

「ああ、一緒に住むのはいいけれど、結婚するのは嫌だっていうことさ」

「うん？　え〜と、それって……、彼女が、本当に、そう言ったのか？」

「ああ、そうだよ。おれが、結婚して一緒に暮らそうよって言ったら、『ちょっと考えさせて』とか何とか言うわけでもなく、すぐにな。本当に、おれが言ったら、すぐにそう答えたって感じなんだ……。前もって、こっちが何を言うのかわかっていたみたいにな……。で、あとでゆっくり訳を聞いたときには、一緒に暮らせば、家賃が少し浮くし、会うときなんかの無駄もなくなるからいいけれど、結婚というと、いろいろと面倒だから嫌なんだってことなんだけれど……、それを、すぐに返事したんだよな……」

「ふ〜ん……、すぐにな……。まあ……、とはいえだよ、そういう人も、いるんだな。普通とは逆のような感じだぜ……。一緒に暮らすとなると結婚するのを望む方が多いような気もするんだけれど……、案外……難しいことだよな。そういう話っていうのは」

「ああ、そうなんだよな……。部屋は違うんだけれど……、一緒のような感じで暮らしていると」

「一緒のようじゃなくて、一緒でいいんだよ」叱るように北山が言った。

「ああ、まあ、そんな一緒の生活しているとな……、彼女のこと……、どうも、よくわからないことが、けっこう、出てきてな……」

そう言って俊亮がつまみのソーセージを箸でとると、北山も、黙って、同じ種類のソーセージを同じようにとった。パリッと一口食べて、ビールを口にして、わずかの間、会話が途切れた。

「そうか……。俊亮は、彼女と一緒に暮らしているのか……」北山が言った。

「ああ、まあな……。一年近くになるのかな……。あれ？　そういえば北山、おまえだって彼女ができたようなこと、前に話していたじゃないか」

「ああ……、十月に結婚式だ」

「えっ、結婚式？　そうか、そうなっていたのか……。十月にか……。あれ？　あと二カ月、すぐじゃないか」

「ああ、場所は前から取ってあったんだけれど、ちょっと面倒なことがあってな……。それで、今日、披露宴の招待状を持って来た。おまえには、直接渡す方がいいと思ってな。大阪まで来るか？」

「ああ、もちろん。招待してくれるんなら、喜んで行くよ。でも、横浜じゃないんだ」

「ああ、おれは次男坊、彼女は一人っ子で、その辺がやっかいだったんだよ……」

「やっかいというよりも、一人っ子に対しての次男っていうのは、うまくいっているって感じだけれどな……」

「ああ、普通はな……。普通はそう思うから、それだけに、余計にやっかいだったんだよ。とにかく、うちのお袋が古くてね……。兄貴のところ、女の子だけだから……」

「ふ〜ん……。そういうもんなのか？」

「いや、お袋と、それに面倒な叔母が一人、その二人だけなんだけれどな。普段は敵対している二人が手を組んで、北山家がどうのこうのなんてことで……。親父はそんなことどうでもいいっていうんで……、まあ、そんな親父のおかげで、何とかここまで辿り着いたんだけれど……。ギリギリまで、けっこう、やっかいなことが多かったな。兄貴夫婦にも嫌な思いをさせたし……。このまま式までうまくいってくれるといいんだけれどな」

「そうか……。大変だったんだな。で、今の話の感じだと、おまえ、北山じゃなくなるのか？」

「ああ、柏木だ」

「柏木……か……。あっ、すみません、ビールを」俊亮は、近くに来た、先ほどのウエートレスを呼んだ。

その話しぶりから、俊亮とは馴染みのウエートレスのように、北山は感じた。

「柏木……聡一。……何か、ピンとこねえな」俊亮が、ビールのお代わり二人分を注文し終えてから、北山に言った。

「そのうち慣れるよ。そして、世の中、みんな、そんなもんだ」

「そんなもんって……うん？　どんなもんだ？」

「妙な感じのするもんでも、時間が経つと、それに慣れて、それが自然になるっていうことだよ」

「なるほどね……。まあ、大阪だろうがどこだろうが、北山の結婚式には、必ず行くよ」

「それはありがたいね……。それで……、おまえの彼女……、絹子さんも一緒に呼んでもいいか？　おまえの方、どうなっているのかわからなかったし、ずっと聞きにくかったしで……、まあ、来てほしいんで、一応、その分は確保してはあるんだけれど……。でも、どうなんだ？　おまえの考え通りにするよ」

「どうなんだろうな……。さっきも言ったけれど、どうもわからないことばっかりでな……。特に、そういう、どこかに行くっていうようなことへの反応はな……。今晩、直接、本人に聞いてみてくれよ」

「えっ。おれが……、初対面でか？」

「ああ、彼女、初対面の人でも昔から知ってる人でも、あまり関係ないような感じだから、大丈夫だよ」

「初対面でも……関係ない？」

「ああ、常に、その時の雰囲気だけで判断するような……」

「ふ～ん……。何か、難しそうだな……」

「ああ、難しいぞ……。すごく、難しい……」

また、二人、ビールを口にした。

「それじゃあよ……。俊亮」一息あけて北山が話しかけた。

「うん？　なんだ？」

「その……、絹子さん……、おれは、まだ会っていないけれど、その、絹子さんにだな……、数彦のこと聞いてみたら、どんな反応するかな？」

「うん？　絹ちゃんに、数彦のことを……か？」

「ああ、まるで関係ない人に、ちょっと意見を聞いてみたいと思ってな」

「関係ない人……ね……」

「ああ、それに……、内容が内容だから、いくら関係ない人とはいっても、聞ける人は限られてくるだろう？」

「なるほど、それはそうだよな。誰でもってわけにはいかないもんな……。実は……、さっき、その……数彦について、聡一の考えを聞いたあと、車の中でな……。おれなりにしばらく考えていたんだけれど、最後は、うちに帰ったら、絹ちゃんに聞いてみようと思って、考えるのをやめたんだよ」

「へえ〜、一人でうだうだと考えることが好きなおまえが、丸投げで意見を聞こうなんて……、それ……、どういうことなんだ？」

「ああ、まあ、さっきの話みたいに捉え方の違いによるような……、というよりも、どうも、おれには、そこまで疑えないようなところがあって……、まあ、そんな、考えを進める方向性を探るようなときにはだな、絹ちゃんの話すことっていうのは、けっこう面白い結果を呼び寄せるんだよな」

「何だか、わかりにくい、言い方だな」

「ああ……、その、これも、彼女のよくわからないところの一つなんだけれど……、どうも、まるでこっちの期待と違う返事が返ってくることが多いんだよ」

「考えてもいないような返事、ということか？」

「ああ……、何か、そんな……考えてもいないなんてレベルじゃないくらい……こっちの考えの、はるか斜め上なんだか……下なんだか」

「ふ〜ん……、何だか、面白そうだな」

「ああ、面白いといえば、面白いよ。本当に、面白い。……けれど、そんなことを期待していると、まるで、当たり前の返事が返ってくることもあるんだよな」

「まあ、そう、いつもとんでもない返事ばかりでもないんだろうな」

「ああ、だけれど、また、そんな、ありきたりのような返事の中にも、時々、思いもよらない意味があったってことが、あとでわかることもあってだね……、どうもパターンがつかめず……、まあ、とにかく、複雑なんだよな」

「なんか……、また、よくわからない話になったな」

「ああ……、とにかく、彼女、よくわからないんだよな」


「わからないっていう意味が違うんだが、まあ、いいか……、で、さっきのところで引っ掛かっていることがあるんだけれど、面白い結果を呼び寄せるって言ったよな？」

北山が聞いた。

「うん？」

「絹子さんの話すことが、だよ」

「ああ、そんなふうに言ったかもな……」

「どういう意味だよ」

「どういう意味って……、そのまんまなんだけれど」

「だから、そのまんま、どういう意味なんだよ」

俊亮の答えが、どうもすっきり理解できない北山が、また苛立ち始めたようだった。

「いや、だから……、その……、絹ちゃんが話したことを参考に、いろいろやっていくと、とんでもない方向に動いていって、初めの問題はどこかに行っちゃって、考えてもみなかったところに行き着いてしまうっていうような……、そんな感じなんだな」

「ふ〜ん。なるほどね……。うん？　俊亮……、おまえは、それを楽しんで、彼女と一緒に暮らしているってことなのか？」

「まあ、確かにそれも楽しいけれど、一緒に暮らしているのは、そんなことだけではないよ」

「そんなこと……か」そう言って、北山が、ビールを飲み干した。

「もう一杯飲むか？」俊亮が聞いた。

「ああ、そうだな……。話に夢中になって、飲み食いの方がスローペースだよな」

「まあ、久しぶりだからな……。で、その、夕飯だけれどな……、絹ちゃんが、ある程度の支度はしておくって言ってたから」

「あっ？　なんで、それをもっと早く言わねえんだよ。そんなら、今、これ以上飲んだら、まずいじゃねえかよ」

「いや……、だから、あと一杯くらいにしておこうってことで……、その、たぶん、絹ちゃんのことだから、こうやって飲むであろうことを予測しての、『ある程度』だと思うんだ……」

「何言ってんだよ。こっちは、初めて会うんだぞ。夕食の支度をしてもらっているところに、できあがってフラフラして行くわけにはいかねえじゃねえかよ……。そんな状態で帰ってみろよ、おまえだって、あとで嫌味の一つや二つは言われるのが普通だよ」

北山が、伝票代わりになるテーブル札を持って立ち上がった。

「あっ、ここはおれが払うよ」そう言って俊亮が、テーブル札を北山の手から抜き取った。

「えっ？」その、思いのほか素早い俊亮の動きに、北山は驚いた。

「バイトでも、少しずつ貯まっていくくらいの稼ぎはあるから、このくらいは大丈夫だよ」

そう言って、ニコッと笑った俊亮の目の明るさに、北山は、今の俊亮の生活の充実ぶりと楽しさを読み取った。

二、絹さん

「お帰りなさ〜い」

奥から、明るい女性の声が響いてきた。

俊亮が、マンションのドアを開けて「ただいま〜」と大きな声で帰宅を告げると、それに反射するように澄んだ声が返ってきたのだ。北山は、その声を聞いただけで、明るい気持ちにさせられた。

『いわゆるホーリーボイスってやつだな。フッ、俊亮、これに惚れたな……』

このときまでは、北山には、いつも通りの余裕があった。

すぐに、短い廊下の先のドアが開いて、絹子が現れた。

一瞬、北山の全身に、電気が走った。北山が想像できるどんな女性よりも、はるかに美しい女性だったのだ。一目でわかる上品さとあでやかさをも持っていて、俊亮の彼女というイメージの範疇をはるかに超えていた。いつもの軽い調子で挨拶しようとしていた北山は、わずかに気後れがした。

「北山さんですね。鳳條《ほうじょう》絹子です。よろしくお願いしますね」先に、明るい声で絹子が挨拶し、ニコッと微笑んだ。

キラキラする明るい茶色の瞳がまっすぐに北山を見詰めている。その、不思議な輝きに、心の奥まで見透かされているような、そんな恐れに似た気持ちが北山に湧いた。

「あっ、北山です。よろしくお願いします……ね」

小さく動揺して、北山は挨拶を返したが、『よろしくお願いします』では、俊亮の友人として下手に出すぎる感じだと考え、あとで『ね』をつけた。こんなつまらないことをとっさに考えさせられてしまうほど、北山は衝撃を受けていた。

北山の挨拶に、俊亮は違和感を覚えた。いつものような滑らかさが感じられなかったのだ。そもそも、人と会うときに、北山がこのようなぎこちなさのある対応をするなど、あり得ないことだった。しかし、北山の心の動きにさほどの興味を持たない俊亮には、その原因など、わかりようのないことで、違和感は、一瞬にして消えた。


挨拶の続きのような軽い雑談をかわしながらリビングに入ると、北山が、肩掛けカバンから大阪名物のおこしを出して、絹子に手渡した。

「あっ、ありがとうございます。わたし、これ、かなり好きなんですよ」

「そうですか……。日持ちするものということで……これになっちゃったんだけれど……、え〜と……鳳……條……さん……が好きなものでよかったですよ」

「あ、絹子と呼んで下さい。俊君と一緒にいるときには、名字は使わないことにしているんですよ。何だか、不必要な隔たりを作られているような気がして」

「ああ……、なるほど。そうですよね、そうします」

「聡一のカバン……、おれの部屋に置いてきた方がいいな」俊亮が言った。

「そうだな……。それと、よかったら、おれ、普段着に着替えたいんだけれど」

「ああ、それは、おれもだ。それじゃ、おれの部屋に行くか」

俊亮が北山を案内して、また玄関の方に戻った。玄関から入ったところの左右両側にドアがあり、それぞれ、俊亮の部屋と絹子の部屋になっている。


「おれ、リビングにいるから、まあ、ごゆっくり」さっさと普段着に着替えた俊亮が、そう言いながら自分の部屋から出ていった。

一人になった北山は、大きく息をついて、まず、気持ちを落ち着けようとした。それから、ゆっくりと着替えながら、絹子の第一印象を整理した。

飛び抜けた美貌、ということだけではない。あっという間に、相手を自分に引き込んで、警戒を取り払ってしまうような、不思議な力を持っている。相手を、明るく和んだ気持ちにさせて、いつまでも話していたいという思いを持たせてしまう。

自分の仕事、商社での営業をさせたら、自分などは簡単に追い抜かれてしまうのではないかと思った。

「結構広いリビングだな……」すでに料理が並べられているテーブル。その椅子に座り、周りを見回して、北山が言った。

「ああ、前のアパートの時とは大違いって感じだろ」

「前のアパートって……。卒業してからの仙台のは知らないよ。でもよ……、こんなにしっかりしたマンションで、これだけ広い部屋となると、家賃なんかも、けっこう高いんじゃないのか？」

「うん、まあ……、とはいっても仙台だから、東京や大阪なんかとは格段の差はあるけれどね……。それに、絹ちゃんと半分ずつだし。……それと、おれの分は、住宅手当ということで、かなりの部分、職場で出してくれてるようなんだ」

「あ〜っ？　バイトなのに住宅手当だと？」

「フフ……、社長さん、上手でしょう？」絹子が、グラスとビールを持って来て、俊亮の前に座りながら北山に言った。北山は、俊亮の隣に座っている。

「社長が、……上手？」北山ではなく、俊亮が絹子に聞いた。

「ええ、そうよ。『ちゃんとした社員になってよ』といくら言っても、いつも嫌だ嫌だをするわがままな若者を、バイトという気分を否定しないまま、うまく社員にしてしまっている、あなたの社長さん、大沢さんの手口のことよ」グラスを配りながら、絹子が笑みを浮かべて言った。

「ああ、そういうことだったのか……。なるほどね」北山が、強く合点した。

先ほどまでの俊亮との話の中で、俊亮のバイトについて、北山が、今までどうにもしっくりとしないと感じていた点が、絹子のこの説明で、すべて、即座に納得できたのだ。

気に入った仕事に出会うと集中してそれに取り組む俊亮。しかも、様々なパターンに短時間で対応し、どんどんと仕事をこなしていく。要領を摑むのも早く、回転がより速くなり、自然と次の仕事を呼び込んで、さらに忙しくなっていく。すると、徐々にそれがストレスになって、次には自由を求め始め、挙げ句の果てに仕事を放棄する。

そんな俊亮の本質を見抜いて、社長の大沢は、うまく仕事のバランスをとって、急がせずに上手に使っているということなのだろう。

「給料明細を見れば、社員になっていることぐらい、普通はすぐにわかるんですけれどね……。健康保険にも入っているし。……でも、そんなのはまず見ないし、お金のことは全部わたしに預けて、好き勝手やっているから、本人は、今までまるで気付かず、ずっとバイトだと思っているっていう感じなんですよ……。あっ、ビールをどうぞ」絹子が、北山の方を見ながら、ニコッと笑ってビールを差し出した。

「あっ、ありがとう」少し照れたように北山は絹子に礼を言って、ビールをグラスに受けた。

「あの、……今言ったこと……、本当なの？」ビールを受けながら、かなり動揺した感じで、俊亮が絹子に確認した。

「うん？　社員になっているっていうこと？」

「ああ、おれ、そんな覚え、ないんだけれど……」

「給料明細も見たことないし、通帳がどうなっているかも興味がないし……。俊君、わかるわけないわよね。一緒に暮らし始めたすぐあとに、大沢さんから呼ばれて、わたしも一緒に行って手続きしたことあったでしょう？」

「ああ、それは覚えているよ。住所が変わって、給料の銀行振込や保険が何とかかんとかでいろいろと説明したいとかいうやつだったよね」

「ええ、その時のことよ。あなた、一緒に行ったわたしに、全部任せるから好きにやっていいよって言ったでしょう」

「え～と、そんな気もすることはするんだけれど……、でも、その辺は……よく覚えていないな……」

「そうよね。楽しい仕事に夢中で……。でも、その時には、もう、大沢さんの策に乗せられていたっていうことなのよね」

「えっ？」

「あなたが特に興味を持つであろう仕事を探しておいて、現実的な対応をするわたしに代理をさせて、思い通りの契約を結んだ、ということよ」

「え〜っ、そうだったの？」


「それって、絹子さんは、今の社長さんの策がわかっていて、その……、俊亮の代理をするために一緒に行ったということなんですか？」北山が口を挟んで聞いた。

「ええ、実はそうなんですよ。大沢社長は昔からの知り合いでしてね……、わたしの一面なんですけれどね、わたし、こういうことに関しては、すごく合理的で、現実主義的な対応をとるんですよ。それで、ある意味、社長さんと利害が一致しているもんで、まあ、二人の暗黙の了解ということで、学生バイトのような感じで比較的自由にさせておいて、さらに時々気を抜かせる、ということを条件に入れはしたものの、いろいろと契約しちゃったんですよ」

「え〜っ？　そうだったの？」俊亮が驚いたように言った。

「これも、大沢さんの策だと思うんだけれど、あなたが、パソコンに向かって仕事をしているすぐ隣で、しかも、時々声をかけて確認しながら、それを進めていたんだからね。最後に、俊君、署名もしているってことを、念のために言っとくね」

「え〜っ、そうなの？　そうだったのか……、え〜っ、どうしよう」俊亮は、かなり動揺したようだった。

「どうしようって？」俊亮の動揺を無視して、軽くからかうような感じで絹子が聞いた。

「いや、仕事……。正式な社員となるとな……。ちょっと、これからキツくなる感じだな」

「聞いただけで、キツくなっちゃうの？」

この状況の中で、絹子は少し遊んでいると、北山は思った。

「ああ。何だか……、急に、明日から仕事に行くの、つらい感じがしてきたな」

「そうなの？　それなら、明日と明後日は休んでいいよ」

「えっ？　本当に？」

「うん、まあ、土、日だからね。明日、明後日は」

「なんだ。そうか、今日は金曜日だったか……。じゃあ、月曜日は？」

前の職場で、社員として仕事をするということにトラウマでも持ったのではないかと北山が思ったほど、俊亮は、おろおろとした感じだった。

「でもね、俊君……」絹子が、子どもを諭すような話し方で、俊亮に話し始めた。

「あなたが社員になったのは、去年の十月からなのよ」

「えっ？」

「去年の十月。……だから、今まで、一年近く、ずっと社員だったのよ」

「一年……近く？」

「そうよ。だから、今まで通りやっていていいっていうことなのよね」

「今まで通り……。あっ、そうか、そうなのか。……いや、それなら何とかなるよね」急に明るい感じになって俊亮が言った。

「ねえ？　大丈夫でしょう？」微笑みながら絹子が言った。

「ああ。……でも、社員なのか……。バイトでなくて本当の社員……か。……う～ん、今まで通りっていっても……、やっぱり、ちょっときつい感じかな……。まいったな」

「でも、本当につらかったら、その時、辞めちゃえばいいんじゃないの？　前みたいに」

「えっ、そうか。そういえばそうだよね……。前も、辞められたんだからね……。なるほど、それならほとんど今までと同じか……。いや、そうはいっても、やっぱり、まいったな」

今度は、たいして困った様子も見せずに、俊亮が言った。


「俊亮……、おまえ、社員になっていたことに、本当に、今まで、気が付かなかったのか？」

北山が聞いた。

「ああ、全然……」

「ボーナスをもらったことも知らないんですよ。でも、もう、そろそろ、知っておいた方がいい時期ですよね？」絹子が、面白そうに、北山に言った。

「えっ？　ええ、そうですね……。普通なら、とっくに気付いているんでしょうがね……。昔からなんですよ、こいつ、こういう、普通の人間ならどうしても気になるようなことでも、まったく興味を持たなくて、それでいて、どういうわけかうまく生きていけるっていうのが。……まあ、それが俊亮の、俊亮たるところなんですけれどもね」

「なるほど……、俊君って、そんな感じですよね」

「昔っから、うらやましい生き方だって思っていたんですよ。あれ？　あっ、そうだったんですか……」北山は、何かに気付いたようで、さっそく絹子に確認した。

「絹子さん……。今、俊亮に仕事のことを話されたのは、今日……、ぼくがここに来たことを切っ掛けとして……ですよね」

「まあ、北山さんがいるということと……、話の流れとが、丁度よかったということもあってですけれどもね……」

「まあ……、それについては、契約して一年近く経つということもあって、切っ掛けがあれば話すというのは理解できるんですけれど。……でも逆に、今まで一年近く黙っていたのは、俊亮に、仕事といっても気負わなくてもいい、このようにバイト的に暮らしていていいんだよってことを、しっかり教え込むためだったのですか？」

「教え込むっていうような感覚ではないんですけれど、日々、こういう形でやっていても大丈夫なんだという、まあ生活のパターンのようなものが身体に馴染んでから話そうとは思っていたんですよ……」

「やはり……そうだったんですか」

『俊亮は、完全に絹子の手の中にいる』と、北山は思った。


そのあと、食べながら、飲みながらの雑談が続いた。

時間も過ぎ、それまでの話題が切れたときに、俊亮が北山に聞いた。

「北山。……なんか、その……、居心地の悪いことでもあるのか？」

「えっ？　居心地が……悪い？」北山は、何を言われたのか、わからなかった。

「ああ、さっきから……、何か、絹ちゃんと話す時なんか……、どうも、おまえの話し方、いつもと、感じ、違うからな……。普通と同じタメロだったり、妙に丁寧だったり、堅かったり……」

「あっ、わかった？」北山は、俊亮の疑問をすぐに理解して、少しおどけるような感じで答えた。

北山にとって、絹子はまばゆすぎるほどに輝いて見え、また、絹子の話やその雰囲気の持つ引力が、今まで会った誰よりも強烈で、飲みながらも自分を正常に保つということに、かつて経験したことがないほどに、必死に臨んでいたのだ。

北山は、絹子との距離を、どのように取っていたらよいのか、なかなかつかめず、普段なら考えもしないようなことに、多くのエネルギーを使っていた。さらに、そのような動きをする自分そのものにも馴染み切れていなかったのだ。

「ああ、何か、おまえらしい受け方じゃないんだよな……」俊亮が言った。

「まあ、そうなんだと、思うよ……。いや、本人の前で言うのはちょっと照れるけれど……、おれは、絹子さんのような美人を前に話すのは、どうも緊張してしまって……。まあ馴れていないだけなんだよ」北山は、絹子の持つ独特の雰囲気には触れないで、すべてを美人という表面的な言葉に代表させて話した。

「えっ？　絹ちゃんの……ような？」

北山に言われ、その、俊亮の、虚を突かれたような反応に、絹子が小さく吹き出して言った。

「北山さん、お褒めにあずかって光栄ですけれど、俊君は、そんなこと、感じたこともないみたいですよ」

「えっ？　そうなんですか？」

「ええ……、だから、一緒に、いられるんですよ」

「だから一緒に？　……そうなんですか？　ちょっと……、その辺の案配は、よくわからないけれど」

北山は、動揺が続いていた原因を、絹子が美人であるという、表から見えることでまとめてしまおうと思った。

「でも、こう言ってはなんですけれど……、絹子さんって、ものすごい、美人ですよ。……それも桁違いに。小さいときから、そうだったんでしょう？」急に、絹子の反応が止まったように感じた北山は、どこか、うまく通じなかったのではないかと思い、さらに付け加えた。

「子どもの頃にも、周りのみんなから、そんなふうに言われませんでしたか？　きれいだとか、美人だねって」

　そのとき、すうっとその場の雰囲気が変わるのを、北山は感じとった。

強力なクーラーのスイッチを入れたような、それくらいはっきりとした、場の空気の変化だった。部屋も少し暗くなったような感じすらした。

　絹子から、強烈な怒りの波動が伝わってくる。

　北山は、自分が言ったことで絹子が急に怒ったことは理解できた。しかし、何がその原因なのかはわからなかった。とにかく無性に心が騒いだ。ドキドキとする自分の心臓の音が聞こえるほどだった。


　俊亮は絹子が怒ったことを感じ取って、一瞬、『まずい』と思ったが、この状況でここまで来てしまっては、もう手遅れである。すぐに方向を変え、『まっ、いいか……』。これも、絹ちゃんの自己紹介の一部ということになるのかもしれないし……』と考えて、黙って絹子と北山との会話を傍観していることにした。

「……北山さん」絹子が、北山を見詰めて、ゆっくりと声をかけた。この間、わずかな時間だったのだろうが、北山にはものすごく長い時間が過ぎたように感じた。

微笑みのなくなった絹子の顔は、冷たく氷のようではあったが、それはそれで美しかった。ただ、美しくはあったが、この世の住人とは思われないような印象を、北山は感じ取った。その冷たさには気高いという言葉にも通じてしまうような澄んだものがあった。

ただ、そのような絹子の目の奥には、不思議と金色を感じさせるような煌めきがあり、北山は得も言われぬ不気味さを感じ取った。

「はい……」北山は、絹子に、ただ、反射的に返事をした。同時に、自分が深く怯えていることに気が付いた。まさに『蛇ににらまれた蛙』という言葉がぴったりの北山であった。

「俊君の親友……、北山さんだから、はっきり申し上げますが」絹子が、抑揚の少ない抑えた声で話し始め、小さな間をとった。

「はい」そのわずかの間にも耐えきれず、北山が返事をした。

「子どもの時から……きれいだと言われていた。……世の中には、そのような話をされて、喜ぶ人もいますけれど、……わたしの場合は、逆です。子どもの頃のわたし……。二度と、そのようなお話は……なさらないで下さい」北山を見詰めたまま、ゆっくりと、絹子は言った。

「はっ、はい……。わかりました」北山は、何か訳のわからない恐ろしさに包まれて、素直に返事をした。

「おわかり……いただけましたか」

「はいっ。肝に銘じて……」とんでもなく大げさな返事を、ごく自然としてしまう北山だった。

「そうですか……」絹子は、ゆっくりと息を吐いて続けた。

「それなら……、この話は、これで」絹子はそう言って目を瞑った。

絹子は、何か、自分自身に区切りをつけさせようとしている感じだった。

しばらくして、絹子は、ゆっくりと頷いて、目を開けた。

北山に、ニコッと微笑むと、暗い部屋に明かりが点いたように、ぱっと雰囲気が変わった。

「フ〜ッ」緊張して、半分浮き上がったように固まっていた北山は、椅子の背に身体をあずけ、大きなため息をついた。

「もう少し、飲みましょうね」

そう言って、絹子は、ビールを取りに立ち上がった。


「絹ちゃん、今のは、自己紹介も兼ねていたみたいだね」ビールを冷蔵庫から持って来た絹子に向かって、からかうように俊亮が言った。

「えっ？　今のって？」

「今、怒った、あれだよ」

「怒った？」

「ああ、怒りっぽいから気を付けなって……」

『俊亮、おまえ、何を言っているんだ！』北山はそう叫びたかった。

と、同時に、また、サワッと寒い空気に入れ替わったのを、北山は感じた。

俊亮の、あの言い方なら、こうなるに決まっている。

なぜ、このような相手に対して、わざわざ怒らせるようなことを俊亮が言うのか、わからなかった。北山は、胸がドキドキした。

「俊君。……あなたって、本当に……無神経ね。……わたし、子どもの時のこと、……特に、きれいだったたって言われること、嫌だというのが、わたしの本当の気持ちだっていうこと、知っているでしょう？　その、わたしに向かって、どうしてそんなことが言えるのよ？」絹子は、強く、俊亮を責めた。

「あっ、さっきね、絹ちゃんの雰囲気が、例のごとくガラッと変わったのでね。……まあ、今もだけれどね。怒るとこうなるから気を付けなっていう、自己紹介の一部かなって」責められても、軽く受けている俊亮。

俊亮が答えるのを聞いている北山は、目を大きくして驚いていた。

『なんて無神経なこと言うんだよ……。俊亮、おまえ、馬鹿なこと、平気でいつまでもしゃべってるんじゃないよ。少しは、この雰囲気を感じ取って、黙ってくれよ』北山は、このあと二人はどうなるのかと、本気で危ぶんだ。

周囲の雰囲気は、皮膚が痛むほどに張り詰めたものになっていた。

おそらく、絹子と俊亮、二人だけならば、それこそ、このあとどうなったのかわからないが、今は、北山がいる。俊亮に向かっての大きな怒りの中にいる絹子ではあったが、不思議と、周囲に対しては冷静だった。絹子は、北山の怯えを汲み取った。

今日は、止めておこう。怒りを静めなくては……。絹子は、手を握りしめ、ぐっと目を瞑った。

一分ほども経ったのだろうか、冷たい雰囲気がすうっと引いて、場は元に戻った。

一呼吸置いて、絹子がゆっくりと目を開いた。

「ふ〜っ。俊君は、こういう感性の人ですから……。まあ、それで、かえってわたしのような人間と、何とかうまくやっていけるということなんでしょうかしらね」絹子は、そう北山に言って、楽しそうに笑った。

その笑顔も、明るく、輝くようで、本当にすてきではあったが、北山には、もう、そこに自分の感情を重ねていく余裕などなかった。

そんな自分の気持ちに気が付いた北山は、すでに、自分は、この女王陛下の怒りを恐れる下僕となってしまっているような、そんな感じがした。

「北山さん、今回の旅行、荷物はさっきのカバンだけなんですか？」絹子が聞いた。北山は、肩掛けカバン一つで来た。

「えっ、ええ。……実は、スーツケースも持って来たんだけれど、今朝、山形から宅配便で大阪に送っちゃったんですよ。あんなの持っていると、面倒だから」

「ああ、そういう手もあるんですね……。なるほど……、何か、旅行するような時には、わたしにも使えそうな手ですね」

「あっ、そうだ、その……、旅行といえばですね……、実は、おれ、十月に結婚するんですがね」

「まあ、それは、おめでとうございます」

「あっ、いえ……、ありがとうございます。それで、絹子さんも、俊亮と一緒に、式と披露宴に出てもらえませんかね。大阪なんですが」

「十月ですか？　十月の……いつ？」

「十月の第二日曜日の……」北山は、簡単に日時と場所を話した。

「あっ、ちょっと待っててね」

絹子は立ち上がり、玄関脇にある自分の部屋に行った。しばらくして戻ってくると、明るい顔で北山に言った。

「その日は大丈夫ですから、わたしでよろしかったら、出席させて下さい」

「あっ、それはよかった。出席していただければ光栄です」

「俊君と一緒に出席できるなんて、すごく楽しみ……。ねえ、俊君、わたし、その前後の日も大丈夫だから、二泊三日で大阪に行こうよ」

「あっ、ああ……、そうしようか」


「絹子さんは、仕事……、ずいぶんお忙しいようですね」北山が聞いた。

「えっ？　まあ、仕事は次々と入ってきますけれど、……でも、そんなに忙しいというわけでもないんですよ」

「そうなんですか……、今、二カ月先の予定を調べに行ったので」

「ええ……、でも、今、調べてきたのは、そんな仕事の予定じゃないんですよ」

「えっ？」

「ただ単に、わたしが、大阪に行ける日かどうかを調べたんですよ」

『興味があるでしょう？』といった感じで、楽しそうに絹子が答えた。それに乗った形で北山が聞き返した。

「行ける……日？」

「ええ、行ける日。……大阪に行くことができる日かどうかということなんですよ。わたし、場所によって、そこに行ける日と、行けない日とがあるんです」くりっとした目を、さらに大きくして、今度は、『面白いでしょう？』という雰囲気で、微笑みながら絹子が言った。

「ああ、あの……、方角がいいとか悪いとかっていう、そういうものですか？」

「う〜ん、あの、方位とか何とかいうようなのとはちょっと違っていて……、場所なんですけれどね。ある日ある所に行こうとすると、何かトラブルが起こって、やっぱり行けない。そのような場所が、わたしの場合にはあるんですよ」

「その……、トラブルっていうのは、病気になるとか、車が故障するとか……ですか？」

反射的にこのように聞き返したが、言いながら、ふと、北山は、また絹子の話に引き込まれてしまっている自分に気が付いた。そう気付いてみると、そもそも、この話題は自分の質問から始まってはいるのだが、この話題に導くために、わざと自分があの質問をさせられた、するように仕向けられた、そんな気までした。とはいえ、会話を辿っても、どこにもその痕跡はない。絹子が、自分の部屋からここに戻ってきたときには、すでに会話の道はできていた。そのようにも考えることができ、北山は不思議な気がした。

「まあ、そういうこともあるのかもしれないんですけれどね……。でも、今までは、わたしというよりも、周囲のほうでトラブルが起こるんですよ。わたしが行けなくなるような形で……。

それが、やっかいで」

北山の心の奥で、何か暗いものが動いた。

「ああ、そういうものなのですか。……じゃあ、今度のような場合、もし、その日が大阪に行けない日で、それなのに、無理に来てもらおうとしたら、わたしのほうで何か不都合なことが起こるとか……」

「ええ、もしそういう状況で、それでも行かなくてはならないようになったとすると……、そうなる可能性がありますね」

「そうですか……」北山は、急に不安な気持ちになり、それが以前から心の隅に持っていた、本当に、無事に結婚式を終えることができるのだろうかという、根深い不安と重なった。

「でも、今度の場合は、最初から行ける日だったので、逆に、こういう場合は、何事もなく、無事に済むということになりますよ。結婚式には最高の日ということですね」絹子は柔らかな声で断言した。

心の奥に湧き出てきた不安を北山がはっきりと認識し、そのすぐあとに、絹子の明るい声がそれを否定した。その一瞬で、北山は、結婚式へのすべての不安が取り除かれた感じがした。

「ああ、それは、何だか……、ホッとしますね」北山が、そう答えると、絹子は、ニッコリと微笑んで返した。

その微笑みで、北山の心に安心感が広がった。

そもそも、絹子がこの話題に入ったのは、北山の以前から持っている不安を感じ取り、それをはっきりと打ち消して、結婚式の日はとてもいい日だ、最高の日となるはずだということを断言してくれるためだったのではないだろうか。このとき、北山に、そんな考えが浮かび上がった。

「でも、その、行けない日があるっていうのも変なもんだよな」突然、脇から俊亮が言った。

「変……って？」絹子が、ムッとしたような感じで俊亮に聞いた。ほぼ目的は達したのだろうが、最後で話題が切られた。そんな思いがあったのかもしれない。ただ、それ以上に、先ほどの俊亮に対しての怒りは、まだ、完全に収まったわけでもないようだ。

絹子の雰囲気が、また小さく変わったが、気が付いたのは北山だけだった。

「ああ。だって、おれなんて、そんなのないだろう？」絹子の感情の変化にまるで無頓着な俊亮が言った。

「ああ……、そういうこと……。それは、ただ、俊君は気が付かないだけ、ということなのよ。どこかに行こうとしても、何かの都合で駄目になることがあるでしょう？」なるべく平静に、絹子が答えた。

「ああ……、そういうことか。……なるほどね。それじゃあ、急に行くのを止めたくなったりするのが多いのは、おれは、そういうことにすごく敏感でさ、行く前に、知らないうちに感じ取っているっていうことなのかな」

「まあ、そういうのもあるかもしれないけれど、あなたが、敏感かどうかは、……ちょっとね。ねえ、北山さん」

「え、ええ……。俊亮の場合は、単なる気まぐれかもしれないですからね」

そこで、三人で大笑いとなったが、北山は、行けない日をどうやって調べるのか、絹子に聞くチャンスを失った。


食事も終わり、絹子が台所の片付けを終えて、リビングに戻ってきた。それまで、コーヒーを飲みながら、俊亮といろいろと雑談をしていた北山が、申し訳なさそうに絹子に言った。

「すみませんね……、手伝いもしないで……」

「あら、いいんですよ。ゆっくりして下さい。わたしの友達が来たときには俊君がやってくれるんですから」ニコッと微笑んで、そう言いながら絹子は椅子に腰掛けた。

「実は、……絹子さんに、ご意見を伺いたいことがあるんですが」北山が口を切った。

「あら……、あらたまって、何でしょうか？」

「俊亮と僕の友人、落合数彦のことなんですが……」

「数彦さんって、今日、俊君が、お墓参りに行った、その数彦さん……ですよね？」

この答えを聞いて、俊亮の動きを絹子はおおかた把握しているのだと、北山は思った。実際には、北山が考えた以上の、いろいろ細かな日々の行動まで、逐一、俊亮は絹子に話していた。

「ええ、その数彦のことなんですがね。……亡くなった報告の時、俊亮は、あれは自殺だったらしいとわたしに話したんですが……」北山は、数彦の死に方に、どうも不自然さを感じてしまい、また、数彦の義母の対応にも、不審の念を抱いていることを絹子に話した。

「まあ、推理小説ならば、自然な成り行きに装われた都合のいい偶然から始まるんでしょうけれどね」

「はっ？　はあ……」

絹子の返事は、北山にとっては意外な方向から始まった。北山は、自分が推理小説を好きだということを絹子は知っていて、このような出だしになったのだろうかと、一瞬考えた。

その、微妙な間をとってから、絹子はニコッとして、話を続けた。

「現実は、そう簡単にヒントをくれないので、解明は難しいですよね……。実は、その、数彦さんが亡くなった話を俊君から聞いたときに、どうして、俊君は、そのように……、今、北山さんが話したようにですね、考えないんだろうかなと、そう思ったんですよ」絹子が、前に起こったことを思い出すような仕草で答えた。

「えっ？　それじゃあ、絹子さんは……、今、ぼくが説明したような考えを持って、俊亮の話を聞いたのですか？」

「ええ。まあ、話を聞いているときに、いくつかの考えが浮かんで、その中の一つとして、そういう考えも浮かんだ……というくらいのものなんですけれど」

「え～っ、それじゃ、あの時、絹ちゃんも、おばさんたちが怪しいって考えたの？」俊亮が、驚いたように聞いた。

「だから、あの状況での一つの可能性として、そのようにも考えられるな、と思っただけよ。ただ、そんなことを解明する手立てがあるわけでもないし、だいいち、葬儀から戻った俊君がそう考えていないようだったから、そうなんだろうって。……あっ、だから、自殺の可能性はあるものの、事故だったということで済ましていいんだろうな、って思ったのよ」

「それって、おれが、そう思っていたから、絹ちゃんもそうなんだろうと思った……っていうこと？」

「ええ、その時、俊君がそう思っていたから、そう考えるのでいいんだろうなって」

「あっ、ちょっと、ゴメンね」二人の会話に割り込んで、北山が、絹子に聞いた。

「それって、その……数彦の事件……、というか事故について、絹子さんは……、絹子さん自身は、本当はどうだったと考えているの？」

「本当はどうだったって、……わたしは、そもそも、そういう考え方はしないんですよ」

「えっ？」北山は、絹子の言ったことの正確な意味がつかめなかった。それを感じ取って、絹子が付け足した。

「わたしは、いくつもの可能性が頭をよぎりはしましたが、それは、ただそれだけのことで、結局のところ、今回の状況では、本人以外はわからないことだから、俊君の考え通りでいい、そう考えただけですよ」

「えっ？　本人以外？　……それは、数彦以外はわからないっていうこと……なの？」北山が確認した。

「ええ、今回の場合は、数彦さん以外の人には、真相はわかりようがない状況のように思うんですけれど」

「え……、え～と。例えばね、仮にこれが殺人事件で、誰か、犯人がいたとしたら……、その犯人は、自分が殺したってこと、わかるんじゃないの？」北山が聞いた。

「ええ……、まあ、その犯人とやらが、自分が殺したって思っているのは、それはそれでいいんでしょうけれど。……でも、真実となると、それは、ちょっと違うかもしれないでしょう？」

「えっ？　違うかも？」

「もちろん、数彦さんも、その人に殺されたと知っていれば、それは確かに真実ということになるんでしょうけれど、でも……、場合によっては、自分で死のうとしていたときに相手が殺そうとする動きをしただけだったとか、本当は、殺したつもりなのに殺し損なっていた、それなのに、別の要因で死んだとか、今回の状況では、まだいろいろと考えられるけれど。……そういう、殺したと思っている人も、思い違いをしている場合も、あるのかもしれないでしょう?」

「えっ? え〜、う〜ん、本人以外はわからないっていうのは……、そういう意味を含めてだったのですね」絹子の言わんとしたことを理解してみると、逆に、今まで問題だと思っていたことの焦点がつかめなくなって、北山はそのまま黙ってしまった。

同時に、今まで考えたこともなかった、ある意味で異質な思考パターンが、いつの間にか自分に入り込んでいるのを北山は感じ取った。今まで、このことで、何を問題として、何をしようとしていたのか、その根幹が、溶けてしまったような感じがして、戸惑いすら覚えた。

「そんな、可能性だけの推論の中で、感じやすい俊君が、そのように考えなかったということは、そうではなかった。……だから、自殺の可能性のある事故ということにしておいていいんだ、と、そのとき思ったんですよ」北山の動揺を感じて、しばらく間を置いてから絹子が言った。

「俊亮が……、感じやすい?」北山が聞いた。

しかし、そのように絹子に確認してみると、その質問をすることで、次の段階に誘い込まれてしまったような薄気味悪さを、北山は感じた。

「ええ、そういう、亡くなった方の思いのようなものを感じ取る力が強いんですよね、……俊君は」

「えっ？　思いを感じるって……」北山には、絹子の言っている意味は理解できたが、その真の内容を把握することができなかった。

「ええ、亡くなった方の思いを……です」絹子が、北山が思考の中で、躊躇している点に対して念を押した。

「おれって、そういうもの、感じやすいの？」その北山を通り越し、俊亮が絹子に聞いた。

俊亮が、その言葉の内容をそのまま受け取っていることは明らかで、北山は不思議な気がした。

「ええ、わたしは、そう感じているわ」

「ふ〜ん、そうなんだ……」素直に、俊亮は絹子の言うことを認めてしまった。

「でもね、本当のところは、数彦さん本人に聞いてみなければ、わからないのかもしれないわよね」絹子が、俊亮に、何か、次の話をそそのかすような感じで楽しそうに言った。

「でもさ、こういうことは、直接本人に聞くわけにもいかないよね。……数彦、もう、あっちの世界に行っちゃったんだから……」

「そ、そうだよな。……数彦は、もう、死んじまったんだもんな」ようやく動揺を立て直した北山が言った。

「あら？　でも、二人とも、さっき、数彦さんも連れて行って、いつものところで一緒に飲んだって、言っていたんじゃないの？」

「ああ、それは、気分としてはね」俊亮は、すぐにそう答えたが、北山は、絹子の言葉をどう受け取ったらいいのかわからず、返事もできずにいた。同時に、本当に絹子は、あんな話を、現実のこととして受け取って聞いていたんだろうかと、北山は疑問にさえ思った。


「でもね、……俊君」絹子は、その疑問に答えるように、しかし、北山にではなく俊亮に向かって、教えるようなゆっくりとした口調で言い始めた。

「そのように、しっかりと誘ったときにはね……、相手は、ちゃんと、一緒に来ているってことが、多いものなのよ」

それを聞いて、北山は、ゾクッとした。絹子の言葉の中に、何か、不気味なにおいを感じたのだ。

もちろん、絹子の言っていることを、すぐに、そのまま納得したわけではない。かといって、何を馬鹿なことを言っているのだろうかなどと、絹子を軽んじた考えを持ったわけでもなかった。ただ、スッと、絹子の言葉が北山に入ってきて、数彦の霊が、今現在、一緒にいるような、そんな思いが湧き出てきたのだ。

「ふ〜ん、そんな……ものなのかな〜」北山の反応に比べ、何とものどかな俊亮の返事であった。

「じゃあ、今は？」続けて、俊亮が絹子に質問した。

北山は、なぜ、俊亮が、わざわざこのような質問をするのだろうかと思った。そんな思いが出るほど、北山の心のどこかで、怯えのようなものが生まれていた。

「いくら何でも、わたしには、わからないわよ……。俊君はどう感じているの？」

「うん。絹ちゃんに言われたとき、何だか、ここに数彦がいるような気がしたんだけれど」

「それじゃあ、いるんじゃないの？」

「やっぱり、そういうもんなのかな……」

「それじゃあ、どうしたら、数彦から答えを聞くことができるのかな？　おい、おまえ、どうして死んだんだ？　って聞いたとしても、たぶん、おれじゃあ、その答えを聞けないもんね……。もし、おれが聞けるんなら、たぶん、あいつ、今、話していると思うんだ」

「そうね……。こっちから言うのは言えるけれど、普通、死んだ人から、答えは聞けないものね」

「あれっ、そういえば、さ、……前に、絹ちゃん、そういう声を聞くことができる人がいるっていう話……、していなかったか？」

「声を聞く？　……ああ、霊と話をすることができるっていう人のことね」

「うん、それだね」

「それって、恐山なんかで有名な『いたこ』のことかい？」北山が聞いた。

「いえ、いたこさんとは、ちょっと違うんですよ。……いたこさんは、霊を降ろして、霊と話すのは、そのいたこさんを通して霊を呼んだ人で、……今の、霊と話すことができる人というのは、直接、本人が霊と話す……、そんな人のことなんですよ」絹子が答えた。

「その人に頼めないのかな？」

「数彦さんとの話の仲介を……ということよね」

「もちろん。なんだか、急にね……、数彦の話を聞きたくなってきてね……」

「う〜ん、そうね。俊君が……そう思うんだったら、晶観《しょうかん》伯父さんにでも聞いてみるといいのかもしれないわね……。今の話、伯父さんから聞いた話だから」

「あっ、晶観伯父さんていうのは、絹ちゃんの、育ての親のことなんだ」北山に、俊亮が説明した。

「ああ、育ての……」そのまま言葉を繰り返そうとして、意味を正確に理解した北山は、それ以上言えなくなってしまった。俊亮は、軽く言ったが、育ての親と言うからには、実の親に対してであり、そこに、何か深い歴史があって、絹子の感情に絡んだ微妙なニュアンスが生まれている可能性もある。先ほどのように、絹子の感情に触れることは、二度としたくない。

絹子は、その北山の心の動きを察した。

「そうですね……。北山さんにはお話ししておいた方がいいですね。……わたし、早くに父を亡くして、母との二人暮らしになり、その母の暴力から引き離すために、父の兄、鳳條晶観が養子にして育ててくれたんですよ。その晶観は、寺の住職で、独身で、まあそれで『伯父さん』と呼ぶことを続けさせられたのですが……。それに、寺の隣に住む伯母、父の姉で晶観の妹が、一緒に寺の切り盛りをしているんです。そんなところで、高校卒業まで育ったものですから、不思議な話もけっこう聞いていて。……わたしの話には、そういう背景があります」

絹子が、いとも簡単に、すべての流れを説明した。

「そうだったのですか。……ずいぶんご苦労なされたのですね」

「いえ、苦労したのは、たぶん、伯父と伯母です。わたし……、ちょっと、変わったところを持っていますからね」絹子は、悪戯っぽい顔で北山を見て、ニコッと笑い、話を続けた。

「それで、わたし自身は、というと、比較的早い時期に母から解放されて、けっこう、幸せな時間を過ごせたのだと思ってるんですよ」

「ああ、そうなのですか。……周りの方が、素晴らしい方なんですね」

北山は、絹子が、ちょっと変わったところを持っていると言ったことが気になったが、ここでは、微妙な話の流れ具合から、これ以上の疑問を出すことを差し控えた。

俊亮は俊亮で、北山の『周りの方が、云々』というのを聞いていて、よく、そこまで気を遣った受け方ができるものだと感心した。さすが北山、自分なら、『ああ、そうだったの』で終わりだったろうと考えた。

「まあ、伯父さんも伯母さんも、いい人だよな」俊亮が言った。

「ええ、それはね。だから、事情を話せば、伯父さん、何らかの反応はしてくれると思うけれど」

「うん？　何らかの……反応？」

「ええ、すぐに、その人を紹介、というところまで行くかどうかはわからないと思うのよ。伯父さんの知っている人かどうかもわからないから」

「ああ、なるほどね」

「あっ、まだ早いんだね」絹子が壁時計を見上げて言った。時刻は、夜の九時少し前だった。

「まあ、早い時間から飲んでいたからね」

「そうよね……。俊君たちは、昼間から飲んでいたんだもんね」絹子が、俊亮をからかうように言った。

「昼間っていうほどでは……ないよな、聡一」俊亮は、話を北山に振った。

「えっ？　ああ、でも、夕方と言うにはちょっと早いから……、昼間と言われても、外れてはいないかもな」

「なんだよ。……おまえ、絹ちゃんに弱いな」

「それはな……」

「俊君が、妙にわたしに強いだけなんだよ。……フフ、で、まあ、そんな話はどうでもいいから、今なら、伯父さん、まだ起きているだろうから、すぐに電話してみたら？」

「えっ？　電話を……する？　今？　おれが？」

「そうよ、今、あなたがよ」

「えっ？　本当に、今？　おれ……が？」

「ええ、俊君がそれだけ興味を持ったということは、伯父さんに聞くまでは、いつものように、いつ聞こう、どう聞こうって、ただ悶々として時間を過ごすだけよ。無駄な時間はカット。すぐに聞いた方がいいよ」

「まあ……そんなもんかもしれないけれど。……でも、ちょっと、最初だけは絹ちゃんやってよ。もちろん今すぐでもいいからさ……。おれ、いきなりじゃ、伯父さんに、何て言い出していいか……、ちょっと、わからないじゃないか」

「そのまま言えばいいじゃないの」

「だから、そのままが、どんなだかわからないの……。絹ちゃんみたいに頭が回らないんだよね」

「ふ〜ん。下手に出てやらせようとしているね……。まあいいか、それじゃあ、してあげるよ」

絹子は、そう言って立ち上がり、電話機の方に向かった。

三、『あの世学原論』

「あっ、伯父ちゃん、絹子だけれど、こんばんは。……ええ、うん……、それでね、今日は俊君が伯父ちゃんに聞きたいことがあってね……、うん、そう、実はね……」と、絹子は、今までの流れを簡潔に、しかも驚くほど正確に、晶観に伝えた。

「えっ？　覚えていない？」急に絹子が、きつい言葉で言った。

「わたしが、伯父ちゃんのうちに移ってから、そんなに経っていない頃よ。……だから、たぶんわたしが小学校の四年くらいの時の話なんだけれど」

どうやら、晶観伯父は、昔、絹子に話した、霊と会話することができる人のことを、すっかり忘れてしまったらしい。

「もう。伯父ちゃん……、確かに言ったんだよ。わたしが、何かの時、お父さんと話をしたいなんて言った時に、そういう人もいるから、将来、できるかもしれないって……。あれ、嘘だったの？」

絹子に責められて、電話の向こうで、晶観が慌て、また、動揺していることが、テーブルで聞き耳を立てている北山にも伝わってきた。

「うん……、そうか……、あれから二十年近くも経つんだね。……まあね、確かに、伯父ちゃんが、そんな話の時に、嘘をつかないということは、わかるよ……。でも、さっき言ったような話の流れなんだからさ、いくら二十年でも、忘れちゃったじゃ済まないんだよね。……俊君に、何とか言ってあげてよ。うん、じゃ、俊君に代わるね。ほら、俊君、伯父ちゃんだよ」

絹子は、隣で待つ俊亮に受話器を渡し、自分の椅子に向かった。ちょっと不機嫌な感じもしたが、周りの雰囲気は変わっていないので、怒ったというほどのことではないんだろうと、北山は思った。

「『あの世学……原論』、ですか？」電話口で、そう、俊亮が言った言葉が、妙に北山の心に残った。

それまで、俊亮は、死んだ人の話を聞くことは本当にできるのかというような疑問や、死んだ人はどこへ行くのか、霊は本当に存在するのかというようなことを晶観に聞いていた。十分近く、晶観とそんな話をしてから、こういうことを簡潔にまとめたパンフレットのようなものはないのかと聞いたことへの晶観からの答え。その答えに対しての確認の言葉だった。

話は続いた。

「今はない……って？　……ああそうなんですか」

それから、またしばらく話して、俊亮は礼を言って受話器を置いた。

「あの世学原論って何だよ」俊亮が椅子に座るなり、北山が聞いた。

「うん、……その」

俊亮がどこから話そうかと、ちょっと考えている合間に、絹子が口を開いた。

「『一の定義として、あの世とは、霊の世界である。まず、あの世は、この世とは別の世界と捉える、初心の段階から始める……』こんな文章で始まる本らしいですよ」

「絹子さん、読んだことがあるんですか？」北山が驚いて聞いた。

「いいえ、ただ、伯父から聞いただけですよ……。高校の頃まで、時々、伯父が飲んだときに、わたしと話すための、……まあ、一つのネタですね」

「それが、酒の話のネタですか。……さすが、お坊さんですね」北山が言った。

「ええ、それに、小さいときから、わたしが好きだったみたいなんですよ、その話……。それで、伯父は、飲んでいるときに、わたしが傍にいると、いろいろな話の中に、必ず、その話を入れてくれたんですよ」

「律儀な……方なのですね」

「ええ、本当にまじめな人で……。それで、お酒は大好きなんですけれども、住職ということもあって時々しか飲まないんですよ。月に一度か二度、特別なときにだけ……。でも、そんな時、一緒にいると楽しくて。『あの世学原論』の話は、そんなわたしへの、伯父のサービスだったんでしょうね」そう話す絹子は、小さく微笑んでいた。

北山には、その絹子の微笑みが、とても優しく感じられた。

「その伯父さんの話では、今はもうないんだってことだよ」俊亮が言った。

「ないって?」北山が聞いた。

「ああ、その本のことだよ。電話での話だと、何か、ガリ版刷りとか言っていたけれど、まあ、手軽な印刷らしいんだけれどね。それを簡単に製本したやつらしいんだ」

「コピーで作った自家製の本っていう感じなんだな」北山が言った。

「ああ、そうらしいんだけれど……、昔の藁半紙とかいう、すぐに悪くなっちゃう紙に刷ったもので、それで、伯父さんの持っていたものもボロボロになって、かなり前に駄目になっちゃったんだってさ。で、もう、他のも残っていないんじゃないかって言ってたよ」

「仮に、残っているとしたら、どこで手に入るの?」絹子が聞いた。

「えっ?」

「そんな自家製の本なら、本屋さんで売っているわけないでしょう? 伯父さん、そのことについて、何か言っていなかった?」

「あ、いや、全部駄目になったろうっていうようなことで、そんな話にはならなかったから……」

「そうなの? 確認もしないうちから、見つけるのを諦めたって感じね、二人とも……。それじゃあ、何のための本だったのかしら？」

「えっ？　何のため……って？」

「何に使ったのかっていうことよ……。出所の見当が付くでしょう？　題は、あの世に、学が付いて、原論ってあるから、大学の教科書みたいじゃないの」

「あっ、そういえば、そうだよね。あの世に……学か。……何かの、教科書だったのかな」

「そんな感じでしょう？　でも、それもわからずか。……となると、伯父さん、どうやってその本を手に入れたのかしらね？」

「えっ？　どうやってって……」

「そのことは、何か、わからなかったの？」

「さあ……、そんな話も、出なかった……からな」

「何だか……、いつものことだけれどね。俊君と伯父ちゃん、男同士の話っていっても、その時に必要なこと、ちゃんと話していないよね」絹子が、あきれたような顔をして言った。

「すみませんね」俊亮が、ちょっとひねくれたような感じで謝ってから、一つ、絹子に質問をした。

「でも……、昔、伯父さんから、その本の話を聞いていたとき……、絹ちゃんは、何か、その本のこと、聞かなかったの？　伯父さんから」

「うん？　俊君、その質問……、ちょっと、わたしに逆襲しようと思った？」

「あっ、いや、逆襲だなんて、とんでもない……。そんなこと、ちっとも考えていないよ」

「どうだかな？　……でもね、伯父さんとの話は、その、内容の話で、その本自体には、興味を持たないようにしていたのよ。伯父さんの話の大事なネタ本なんだからね。わたしがそれを読んでしまったら、次から、話してもらえなくなっちゃうじゃないの」

「なるほどね……。そうだよね。どうも、そういう感じには、頭が回らないんだよな……、おれって」

「まあ、それが俊君だからね。……しょうがないな、その本のことは、わたしも興味があるから、わたしが、もう一度電話して聞いてみるよ」

絹子はそう言うと、立ち上がって、また電話機のところに行った。


絹子が、伯父、鳳條晶観から聞いた話では、その本は先輩から貰ったのだということだった。晶観が僧侶になるために本山の寺で修行をしていたとき、その大きな寺で、まだ、大学を出たばかりで何も知らない晶観の世話を、親切にしてくれていた先輩だった。

絹子は、その人のことをしっかりと聞き出した。

名は吉成慈雲《よしなりじうん》、晶観が修行をした寺を出たあとは、地元、仙台からさほど遠くない町に戻り、一時、高校の先生をしていたこともあったらしいが、今は、おそらく、親が住職をしていた寺を継いでいるのではないかとのことだった。ただ、その町の名前や寺の名前は覚えていないとのことだった。

「伯父さんの感覚だと、宮城県のすべての町が、仙台からさほど遠くないってことになるからね……。今、調べてもらっているから、すぐにわかるかもしれないけれどね」

「でも、宮城県だっていうのは、なんか、不思議な感じがするよね……。これが、九州なんかだったら、話を聞きに行くことすら大変だもんね」

「そうよね……。それで、なんでも、その、吉成という人が高校の時に教わった授業、その教科書だったということらしいのよ」

「高校の……教科書？」俊亮が聞き返した。

俊亮は、どうして、こんなことを高校の授業でやるんだろうと思った。北山も、同じ思いであった。

「ええ。……昔は、お坊さんになろうとする人が多く集まるような高校があったということでね。もちろん、そんなに大きくない学校だったらしいんだけれど、それで、そこの……何かの授業で使ったそうなのよ」

『あの世学原論』は、その、吉成慈雲が、その高校に在学していたときに使っていた教科書だった。吉成は、その先生から何冊かを譲り受け、その一冊を晶観が貰ったということだった。

「ということは、その、吉成っていう人、まだ、教科書を持っているかもしれないね」俊亮が言った。

「ああ、何冊か持っているというのなら、ページを開けることもなく、きれいに保管していたっていうのも、一冊くらいありそうだよな。それなら、いっくら昔の藁半紙とかいっても、ある程度、ちゃんとして残っているかもしれないよな」北山が言った。

「でしょう？　こういうことは、最初で諦めないで、話を最後まで聞いてみるもんなのよ」

ちょっと勝ち誇ったような感じもしないわけではない、絹子の言い方だった。


「で、次には、その人を訪ねていくってことになるよね？」俊亮が絹子に聞いた。

「読んでみたいんでしょう？　その本」

「うん。すごく読みたい」

「俊君って、普通の人が欲しがるようなものには興味がなくて、こういうものにだけ、興味を持つんだから、やっかいな性格よね」

「いや、ただ単に、欲しいと思うものが、めったにないだけで。……でも、この本は、読んでみたいんだよね。ひょっとすると、数彦の話を聞けるヒントがあるかもしれないだろう」

「そうなのよね……。それじゃ、やっぱり、その吉成さんとやらに会って、まず、その本があるのかどうか、聞いてみる必要があるわよね」

「そうだよね」

「今、伯父さん、住所を探してくれているから、わかったら、行ってくれればいいんじゃないの」絹子が、この話の結論として言った。


「おれが……、行くの……かな？」俊亮が、恐る恐る聞いた。

「えっ？　何を言ってるの？」絹子が俊亮に聞き返した。

「いや、その……、吉成さんに会いに行くのって……、やっぱり、おれなのかな」

「当たり前のことじゃないの？」

「いや、当たり前ということでもないと思うよ。世の中には、運転代行っていうのもあるくらいだから」

「それって、わたしに、その……、吉成さんに会いに行く、代行をしろと言ってるのかしら？」

「あっ、いや、代行までは……しなくても……いいんだけれどね。でも、一緒に行かないか？」

「ふう〜ん。ほんと、あなたって、こういうことに関しては、動きが悪いわよね」

「いや、動きが悪いんじゃなくて、ただ……、一人では動きたくないなって、それだけだよ」

「どうしてなのよ？」

「それがわかれば、こんなに苦労しないよ……。昔から、こういうことは苦手なんだ」

「そういえば、俊亮、昔から、そういうところあったよな……。一人で、何か、電話で注文をしたり、問い合わせをしたりするの、すごく嫌がっていたもんな」北山が言った。

「まあ……、どうも、電話をかけたり、初めての人と話したりするのは、苦手なんだよな……。これは、子どもの頃から、ずっと変わっていないと思うよ」

「でも、注文とかクレームとかで、知らない人と話さなきゃならないことだって、あるでしょう？」絹子が聞いた。

「う〜ん、小さなクレームなら、しないで我慢しちゃうかな……。やっぱり、電話をするのは嫌いだな」

「自分の、そういうところ、変えようと思わないの？」

「どうして？」

「どうしてって、そういう性格、嫌だと思わないの？　自分で」

「不便かもしれないけれど……、嫌というほどではないな。……でも、まあ、こういう……、知らない人に電話したり会ったりするの、何ということもなく、まるで平気でできるといいなと思うことはあるよ」

「それじゃ、自分を変えてみようと考えたらいいんじゃないの？」

「う〜ん。自分が、自然に、そう変わってくれるのなら、それはそれでいいんだけれど……。どうやったら変われるのかもわからないし」

「嫌だと思っても、まず、やってみればいいんじゃないの？」

「それじゃあ、嫌なことは嫌なままだから、変わったことにはならないと思うよ」

「だから、嫌だと思ってもやってみて、何回もやって、少しは馴れるとか」

「嫌だと思うことを、馴れるくらい何回もやるのは、耐えられないよ」

「フ〜ッ、もういいわ」絹子は、これ以上は無駄だ、というような顔をした。


「聡一は……、こういうの、得意だよな」俊亮は北山に話しかけた。

「うん？　得意っていうわけではないけれど……、まあ、嫌だとまでは思わないよな」北山が答えた。

「いいよな」

「いいよなって、何言ってんだよ。そんなこと、たいしたことじゃないぜ。仕事の時なんかだって、普通、みんな、何気なくやってることだぜ。おれとしては、おまえのように、のんびりと、何気ない感じで、あんな難しい仕事をこなしていられる方が、よっぽど『いいよな』ってことなんだと思うぜ」

「人によっては難しいのかもしれないけれど……、おれの仕事。でも、知らない人と話さなくてもいいからできるんで……、本のことを吉成さんに聞きに行くには、関係ないんだよな」

「本当に、おまえ、ブツブツと……。ねえ、絹子さん、俊亮は、本当に一人で行くの、嫌みたいですね。まあ、だだをこねている子どもみたいですよね」

「ええ、本当に……、しょうがないですよね。いいよ、わかった、俊君、一緒に行ってあげるよ」

「うん、よかった」

俊亮が、本当に嬉しそうな顔をした。

この時、北山は、俊亮に子どもっぽさを感じた。しかし、そのことは、前の仕事で大きなストレスを受け、それへの反動として、社会から距離を置き、落ち着いた生活を求めた俊亮、その日々の暮らしにおいて、いかに絹子の存在が大きなものであるのかということを物語っていることに、北山は気が付いた。


俊亮の部屋。

北山は、シャワーを浴びただけで風呂を済ませ、俊亮のベッドの脇に布団を敷いて横になった。

「久しぶりの仙台だけれど……、やっぱり、こっちは涼しくていいよな……。マンションでも、夜になると、クーラーをつけなくても平気なんだな」

「ああ……、今年はお盆の前はちょっとキツかったんだけれどね……。ここ一週間は、夜になると涼しくて楽だよな」

「それにしても、絹子さん……。どうして、美人だと言われること、あんなに嫌がるんだろうかな」暗くした部屋の中、北山が聞いた。

「ああ、まず、北山には、ちょっと気を許したところがあったんだと思うよ……。他の人だったら、完全に無視だろうからな」

「そうなのか……。まあ、そう言ってもらえるのなら、少しはホッとするところもあるけれど」

「うん、それに、さっきはね、単に美人だっていう話だけじゃなくて、そこに、子どもの頃とか、みんなから言われるっていうキーワードが絡んじゃったからね。その……、子どもの頃のことと結び付いちゃうと、急に制御が利かなくなって、怒っちゃうみたいなんだよな」

「ふ〜ん、……子どもの頃、がね」

「ああ、伯父さんにちゃんと聞いてみたことがあるんだけれど……、まあ、本人からも少しは聞いてはいるんだけれど」

「ああ、その伯父さんっていうのは……、さっきの、お坊さんの伯父さんだよな」

「うん、伯父さんていっても、あの人は、立派な父親なんだと思うよ、絹ちゃんのね。まあ、その伯父さんの話だと、絹ちゃんのお母さんもかなりきれいな人らしいんだよ。だけど、どういうわけか、周りから絹ちゃんが美人だと言われ続けているうちに、絹ちゃんに敵意を持っちゃったらしいんだよな、実の娘なのにね……。それで、絹ちゃん……、お父さんが亡くなってしばらくしてからは、ずいぶん虐められていたような感じだったんだよ、そのお母さんから」

「そうか。そうだったんだ……。それじゃ……大変だったんだろうな。……まあ、それなら、何だか、わかるような気もするな」

「ああ、そこは、わかるような気はするんだけれど。……でも、どうも、わかりきれないことばかりでな」俊亮が言った。

「まあ、それは……そうだろうな……」

「えっ？　どういうことだ？」

「おまえみたいに、生まれてからずっとのどかに生きている人間には、わからないことばかりだと思うぜ、この世の中は……」

「そんなもんなのかな……。まあ、本当は、そんなにはっきりと『のどか』と言われると、学生時代みたいに、ちょっと言い返したい気分もあるんだけれどな。……でも、どうも、最近、少し大人になったようでな」

「うん？」

「まあ、いろんな人を見ていると、そう見られても仕方がないのかな、と、そう思う部分も、確かにあるんだよな……」

「へえ〜、子どもっぽくなったようにも見えるし、大人になった部分もあるし、か……」

「うん？　何だ、それ？」

「いや、こっちのことだ」


「それで、少し大人になったご感想は？」北山が俊亮に聞いた。

「うん、そうだな……。時々そんなこと考えているときにな……、逆に、どうして、みんな、ゆったりと生きないのかなって思うこともあるんだよ……。大変だ〜、大変だ〜って言いながら、わざわざ、自分で慌ただしくしているような……、そんな生き方ばっかりが、目に付くからな」

「ダメだ、こりゃ……、やっぱり、わかってないんだよ、俊亮。おまえが、のどかにやっていられる理由がわかっていない。他の人間は、そんなふうに生きていられねえのさ」

「どういうことだよ？」

「みんな、それぞれ、欲があるからさ。自分の欲しいもの、自分のなりたいものっていうのがあるんだよ。それに向かって、みんな、一生懸命にやってるんだ。ギリギリまでやって、だから大変なんだよ。のどかになんかやっていて、できるわけがねえだろうがよ」

「ふ〜ん、そういうもんなのかな……。でも……、どうして、あんなに訳もわからなくやっていなきゃ、なれないかもしれないようなものに、なりたいんだろう？」

「そう考えるってこと自体が、欲しいとか、なりたいっていう、その本当の気持ちが、俊亮にはわかっていないってことなのさ」

「そうなのかな……。だいたい、必要なものっていうのは、不思議と、自然に手に入るもんなんだけれどな」


「必要なものと欲しいものとは違うんだよ。欲しいものや、なりたい自分っていうのは、自分を動かしていく、原動力になるんだよ。それが、たとえ、とんでもなく大変で、忙しくてもだ。おまえはそれがわかっていない、って言ってるんだよ」

「そう言われると、まあ、そうなのかもしれないな……と、なるのかな。……確かに、取り立ててなりたいものはないし……。うん？　なりたい……ものか。何のために生きるのか、っていうことの延長になるのかな……。で、なりたいものって、今の自分と、どう違うんだ？」

「だから……、だから、俊亮は、何にもわかっていねえってことなんだよ」

「そうなのかな……。あっ、でも、今、欲しいものはあるぞ」

「知ってるよ、『あの世学原論』だろう？」

「ああ、当たり。やっぱり、一度、読んでみたいよな」

「まあ、それは、おれも同じ気持ちだけれど……、欲しいものということで、そんなものしか出てこないってところが、やっぱり、俊亮なんだろうな……」

「うん？　どういう意味だ？」

「だから、人が欲しいものがあるっていうことが、何をどれほど欲しがっているのか、そんな気持ちを、俊亮は、わかっていねえってことなんだよ」

「眠れましたか？」朝食のテーブルで、絹子が北山に聞いた。外の明るい日差しと同じように、眩しささえ感じる絹子の笑顔だった。

「ええ、ぐっすりと」マグカップに入った紅茶を飲みながら、北山が答えた。

「子どもの頃にきれいだと言われた、そんな話になると、わたしが怒る理由も、おわかりになったでしょう？」

「えっ？　ええ……」

昨夜の話の内容を、すでに俊亮が絹子に話したのだろうか？　いや、そんな時間はなかったはずだ。俊亮から聞いたと答えていいのだろうか。北山は判断できずに言い淀んだ。その北山の迷いに答えるように、絹子が続けた。

「二人になって、その話題が出ないわけはないなって思っていたんですよ。聞かれれば、俊君は、すぐに全部話すでしょうし……。こういう感じで話しているときには平気なことが多いんですけれど、気を許している人に突然言われると、制御が利かなくなっちゃうときがあるので、気を付けて下さいね」絹子は、楽しそうに笑った。

その笑顔を見て『なぜ、今、こんなことを言われるのだろうか……』と、まず、北山は戸惑った。『気を許している人の中に入れてもらったことを知らされたってことが大事だったのだろうか』と考えてから、『確かに、こういう絹子さんのことは、俊亮にとっては、まるでつかめないところがあるってことなんだろうな』北山は、そう思った。そう思ったときに、瞬間だが、絹子がニッと笑ったように見えた。北山は、今、考えたことすべてを、絹子に完全に見透かされていたような気がして、ゾッとした。

そう考えてみると、会話の初めに受けた戸惑いすらも、絹子に誘導されていたような気にもなってきた。

絹子は、人の心の動きを読み取る力が強いようだが、それも尋常の強さではないのかもしれない。そして、確かに、人の考えや動きをあまり気にしない俊亮でなくては、この絹子とは一緒に暮らせないだろうと思った。

『おそらく、そうに違いない……』

「絹子さんの、お仕事、……お聞きしてもいいですか？」北山が聞いた。

「あらっ？　その話は、昨夜、俊君との間で出なかったんですか？」

「えっ？　ええ……」

「ふ〜ん。そうだったんですか……。『あの世学原論』ですね……」

「えっ？　……」

北山は、絹子の話の流れがよくつかめなかった。確かに、昨夜、『あの世学原論』とはどういう本なんだろうかということも、ずいぶん話していた。しかし、そのことと絹子の仕事の話との関係が、つかめなかったのだ。

「ああ、今言ったことは、俊君が、その本に持った興味の強さを確認できたということなんですよ。わたしの仕事の話が出なかったということは、俊君の興味に、話がどんどん引き込まれたということなんでしょうね」

それを聞いて、北山は、やはり、自分が思ったり感じたりしたことが、完全に絹子に読み切られていることを実感した。絹子の説明は、北山の疑問に対して、的確な方向性を持っていた。北山が、心の中で思った疑問を、絹子は完全に見抜いているのだ。

自分の思っていることや感情などは、俊亮ほど簡単には外に出ないと思っていたのだが、絹子の前では、すぐに顔に出るタイプと同じレベルなのだ。

「おれ……、そんなに、あの本で、話題を引っ張ってはいなかったよな」俊亮が、相変わらずのどかな雰囲気で北山に言った。

「いいや……、最後の方は、かなりの時間、引っ張り回されていたって感じだぜ」北山が答えた。

「それで、北山さんが興味を持たれているのは、わたしの仕事の内容でしたよね」

絹子が、小さく微笑みながら、話を戻した。ちょっとからかうときと同じような感じの微笑みで、北山は、また戸惑った。

「ええ、よろしかったら、お聞きしたいと思って……」

「わたしの仕事……、友達三人とやっているんですけれど、……共同経営という形でですね。友達三人は、別々の会社のような感じで、それぞれの会社には社員がいて……。でも、わたしだけは一人で……。実は、わたしがやっている仕事は何々って、一言では言えないんで、困るんですよね……」

さっきの微笑みから考えると、この話の進め方は、じらして遊んでいるような感じもするが、そうでもない雰囲気も持っている。北山の戸惑いは続いた。

「会社全体としては、インテリアや展示、それに広告などを中心に、いろいろな企業が外に向かって動くときの様々なお手伝いをするような、そんな仕事なんですよ。でも、それは、主に、わたし以外の三人がやっていて、わたしがすることは、その三人のお話し相手とか、三人が仕事相手の会社から受けた相談や要望で、手に負えないものをわたしが引き受けるとか……、そんなことだけなんですよね。こういう仕事、何て言ったらいいんでしょうかね？」

「え〜と、そうですね……、まあ、管理職……、いや……、というよりも……、コンサルティングに近い仕事……ということになるんでしょうかね？」

「コンサルティングですか。なるほど、インテリアとか展示、広告というようなことが中心だと思っていたんですが、確かにそれは会社の看板で、わたしとしてはコンサルティングといってもいいんですよね」絹子はそう言ってニコッと笑った。

その笑顔を見て、北山は、最初に言った管理職という言葉を、絹子に捨てさせられ、代わりにコンサルティングという言葉を選んで言わされたような気になってしまった。

相手の本心を読もうとすると、余計に引きずり込まれて、訳がわからなくなる。入社以来営業を続け、相手の気持ちをうまく汲み上げて交渉に生かし、それが高く評価されて、海外でも数多くの人と接している北山である。しかし、この絹子に関しては、話の裏を見ようとすると幻影ばかりが渦巻いて、まったく本心の見当も付かない相手であった。

そのような、絹子の不思議さに気が付いた北山は、昨夜の会話に出てきて、気になっていることを絹子にぶつけてみることにした。

「絹子さん……。昨夜の、お話の中で……、絹子さんご自身で、ちょっと変わったところを持っているって言いましたよね？」

「ええ、言いましたね」すぐに絹子が答えた。

『あら？　そうだったかしら？』というタイプの、クッションをおいた返事を予想していた北山は、その即答にちょっと驚いた。

「それ……、どういう意味だったんですか？」

北山がそう聞いた瞬間、絹子は、ニコッと微笑んだ。この質問も言わされたのか？　と北山が思ったそのときに、絹子が言った。

「北山さんには、本当のわたしを知っておいてもらった方がいいと思って、そのような質問をしていただくための種を、前もってわざわざ播いておく……、そして、その質問を使って、さらに……、まあ、わざわざそういうことをするといったところが、ちょっと変わったところということですね」

北山は、ゾッとして、心の奥深いところで恐れを感じた。

「まただな……、どうも絹ちゃんの話は、どこまでが本気で言ってるんだか、わかんないんだよな」脇で、俊亮が言った。

北山は、その俊亮の言葉に乗って、遊ぶように装って確認してみた。

「そうだよな。本気だと、怖いもんな」

「いや……、怖いっていうようなもんじゃないけれどね」俊亮が言うと、絹子はニコッと笑って、やわらかく言った。

「こういうわたしを怖がらないのは、……俊君だけなんだよ」

「えっ？　そうなの？」

「そうなんだよ……。俊君だけ……。実はね、わたしの母もなのよ」

「えっ？」北山が小さく疑問の声を出した。

「わたしがきれいだと言われるのが憎いって、母が言ったのはね、後から付け足した言い訳なの……。本当は、わたしが怖かったのよ」

「えっ？　絹ちゃん……、何を言ってるの？」俊亮が驚いて聞き返した。

「母は、わたしが怖かったのよ」絹子は、最後の言葉を繰り返した。

「へぇ〜、そうだったのか……」まだ、完全には納得できてはいないんだけれど、という感じを残して俊亮が答えた。

北山は、この俊亮の軽い答え方に驚いた。そのように簡単に返事をしていい問題とは思えなかったからだ。その俊亮の返事に、絹子は続けた。

「そうなのよ。怖さに耐えきれなくなって、わたしを虐めたんだよ。わたしから離れるために、……逃げるためにね。これが、本当のこと……。だから、母もすぐに同意して、わたし、簡単に、伯父さんの養子になれたのよ。絹子の絹はね、鬼が怒るとも書けるんだよ……。わたし、怒ると、本当に怖いんだ……。フフフ」

その、薄い笑いに、北山はザワッとし、全身に鳥肌が立った。北山の、心の中にある恐れも、絹子には、完全に見抜かれていた。

「おれ、全然怖いと思えないんだけれどな……。なあ、聡一」まるで変わらないまま、俊亮が北山に言ったが、北山は、返事ができなかった。

そんな、北山の恐れを味わうように、絹子は付け足した。

「わたしと仕事をやってる友達もね……」

「ああ、でも、その三人なら、時々来て、楽しそうにやってるじゃないか……」

「まあ、表面的にはね……。でもね、心の底にはね、深い怖れがあるのよ、わたしに対して。……別に、わたし、彼女たちを虐めたわけじゃないんだけれどね。……フフフ」

「へえ、そんなもんなのかな……」

「ええ……、今は、彼女たちが仕事で行き詰まったときに助けることができるから、繋がっているけれど……、わたしと、友達のような普通の話をしているとね、どういうわけか、彼女たちの心の奥にある、何か、暗いものをかき乱すらしいんだよね、わたしの話って……。訳もなく、怖さを感じてしまって……。だから、本当は、友達という関係にはなっていないんだよ」

「どういう関係なのさ」

「うん？　それはね……、フフフ……、まあ、すぐにわかるわよ」

楽しそうに微笑みながら、絹子は立ち上がって、後片付けを始めた。

北山も、つい、立ち上がって、食器を下げようとしたが、俊亮が動かなかったので、そのまま椅子に腰を落とした。絹子と話しているだけで、いつの間にか、自分が片付けなくてはいけないような気になっていたのだ。自分が座ったまま、絹子が食器を下げるのを見ていることは、どこかに苦痛すら感じた。

北山は遠慮したが、俊亮は、予定通り空港まで送っていくと、きっぱりと言い切った。ということで、今、二人は、仙台駅から仙台空港に向かう電車に乗っている。

それまで、北山の結婚についての話や、落合数彦のこと、『あの世学原論』のことなどを話していたが、急に俊亮が話題を変えて、先ほど話題に出た絹子の女友達のことについて、北山に聞いた。

「あの……、さっき絹ちゃんが言った……、友達という関係ではないって、どういうことなんだろうな？」

「ああ、あれか。……あれは、たぶん、主従関係……ということなんだろうな」

「えっ、主従……関係？」

「ああ、それは、あの時すぐにわかったけれど、あとから思うと……、まあ、あの時の話し方からするとだな……、絹子さんとしては友達という関係にしようとしても、自然と向こうから従となる関係を望んでいるっていう感じなんじゃないかな。どういうわけか、絹子さんと接していると、従でいる方が安心できるんだと思うよ」

「そうか。そうなんだな……。そんな感じでの……主従関係か……」

「何だ、俊亮、簡単に納得しちゃったな」

「うん？　どういうことだ？」

「ああ、おまえのことだから、主従関係というような言葉には、もっと抵抗すると思ったんだけれどな」

「ああ、まあ、友達というような人に対してだと、あんまり好ましい表現法じゃないようにも思えるし。……そうか、だから、絹ちゃんも自分からは言いたくなかったんだろうな。そんな絹ちゃんと一緒だったから、おれも、その言葉は、今まで頭に浮かばなかったんだけれど。……でもな、友達だって紹介されても、どうも……どこか違和感を感じていたんだよ……」

「ふ～ん。おまえがそう感じるくらいじゃ、確定的なんだろうな」

「何だよ、その言い方は？　おれだって、細やかに感じるところはあるんだぞ」

「まあ、繊細なところがあるのはわかるけれど、人の感情問題となると、おまえは、やっぱり鈍い方だよ」

「ちぇっ、はっきり言いやがって」


「でも、そうか……、あれっ？」北山は、また、絹子の一言に気が付いて、ゾッとした。

「俊亮よ……」

「あっ、何だよ、急に」

「ああ、絹子さん……、おまえに、さっき、すぐにわかるって言ったよな？」

「ああ……、それで、主従関係だって、今わかったってところだよな」

「あれ？　驚かないのか？」

「驚く？」

「ああ、絹子さんの言う通りになったってことだよ」

「ああ、そのことか……。前に言わなかったっけ？　絹ちゃんの場合、何気ない言葉のようでも、あとで考えると思わぬ意味があったりするって？」

「ああ、そういえば、そんなこと聞いたような気もするな」

「まあ、こういうことは、結構あるからな」

「そうか……。でも、あの時、おれは、すぐに主従関係という言葉が浮かんだんだよな……。それを絹子さんは感じて、そして、おれとおまえが、あとでこういう話をする……」

「ああ、そんな感じで、おれが、そのことをわかると思ったんじゃないの？」

「いや、だから、おまえ、そういう動き、何とも思わないのか？」

「いや、だから、最初から、よくわからないことが多いって言ったじゃないか、絹ちゃんのこと……」

「ああ。……まあ、そういう意味で言ったのならば……、まあ、そうだったよな……。なるほど、……そうなんだよな。だから、絹子さん、おまえとじゃなきゃ、一緒に暮らせないっていうことなのか……」

「うん？　前の話と、どう、結び付いているんだ、それ？」

「いや、いいんだ……、単なるおれの感想だ」

北山は、そう言って、車窓の景色に目を移した。

俊亮たちのマンションを出る少し前、俊亮がトイレに行ったとき、北山はテーブルを挟んで絹子と二人になった。北山は、それまでの絹子との話でいろいろと動揺していて、今、この時、どんな話をしてよいのかわからず、気まずい気持ちになった。

その時、絹子は、ニコッと笑って言った。

「北山さん……、昨夜、わたしが北山さんの前で怒ったの……、実は、俊君が言った通り、わたしなりの自己紹介だったんですよ」

「えっ？　そうなんですか？」

北山は驚いた。もちろん、今、このようなことを話し出した絹子に対しても驚きはあった。しかし、それ以上に、絹子のあのような動きの本質を見抜き、しかも『自己紹介』などと北山の思いもよらない言葉で表現した俊亮の異質な感性については、今更ながらに驚いたのだ。

「ええ、ただ、怒る気持ちを無理に止めなかっただけなんですが……。止めなかったのは、北山さんが、俊君の数少ない親友ということで……。ですから、考えてみると、まあ、自己紹介のようなものだったのですね」

その、ある意味で核心を突いている俊亮の言葉を拠り所として、今、絹子が、本当の自己紹介を北山にしている。そう、北山は感じた。

「それと、母の話と……、怒ると怖いんだぞという話も自己紹介……これは、会ってすぐに、結婚式に招待して下さったお気持ち、とても嬉しかったからなんですよ。それで、普段、人には明かさないところまで、出してみたということだったんです」

「そうだったのですか……」

「ええ……。普段、それを平気で出すことができる相手は俊君だけ……。それだけに、本当は、そんな性癖が原因で、わたし、とても孤独なんですよ。友達も作れないほどですからね……」

「……」

「でも、俊君だけは、わたしの、そういう性癖……、これは、性癖というよりも、何か持っている能力のようなものとでも言うんでしょうか、それを怖がらない……、だから、逆に、いちばんわたしの気持ちをわかってくれることができるんです。たとえ鬼でも、そんな俊君や、その友達を、食べるようなことはしませんから、あまり怖がらないで、また、気楽に、遊びに来て下さいね」

最後は、話を冗談ぽくまとめた絹子は、北山に優しい笑顔をむけた。

その笑顔で、北山は知った。絹子は、北山の心の奥に湧き出た怖れを完全に見抜いていて、最後の別れ際に、本当の自己紹介をしながら、その怖れを融解しておく道を選んでくれた。それは、俊亮の友人として付き合い続けることを、認めてくれたのだと北山は思った。

空港のロビー。

「じゃあ、また来いな」俊亮が北山に言った。

「ああ、今回は、いろいろとありがとう。でも、次に会うのは大阪でだな」

「うん、楽しみにしているよ。で、できたら、『あの世学原論』を持ってな」

「ああ、絹ちゃんと二人で、必ず行くよ。で、俊亮……、絹子さんって、素敵だな」

「あっ、ああ……、ありがとう」

「それじゃ、また」そう言って右手を上げ、北山は、搭乗ゲートに入っていった。

俊亮は、一度右手を上げて応えてから、また、電車のホームに向かった。


空港の搭乗口ロビー、滑走路側は全面ガラス張りとなっていて、所々にいくつかのゲートがあり、明るく広々とした雰囲気である。そのゲートとゲートの中程、北山は、窓近くの椅子にゆっくりと腰を下ろした。

正面の大きなガラスを通して、陽を全面に受けている滑走路が見える。暑さに揺らいだ空気のその先には草むらと木々があって、さらにその向こう遠くには、低い山を背景に仙台の街のビル群が霞んでいる。

北山は、紙コップのコーヒーをすすった。

『これが、海外出張なら、ビールなんだろうけどな』

北山は、熱いコーヒーの入っているカップをじっと見詰めた。

ビールを買おうと寄った売店で、結婚する柏木景子の顔が浮かんだ。『えっ？　朝からビールなの？』と景子が言っていたのを思い出し、ビールをやめて、急遽、コーヒーにしたのだ。景子との雑談の折、海外出張が話題になり、空港に着いたらまずビールという話の時に、笑いながら景子に言われた一言だった。それだけのこと、といえばそれだけのことなのだが、そこは北山、景子とは、今日の夕方、会う約束になっている。ビールはその時までお預けとした。

『それにしても、俊亮のヤツ、とんでもない人と一緒になったもんだ……』北山は絹子の輝くように明るい笑顔と、透き通るように冷たい怒りの顔を交互に思い浮かべた。

『確かに、絹子さんに意見を聞いたら、初めの思惑とはまったく別のところに行ってしまった、ということなんだろうな……。俊亮が言っていた通りということか……』

初め、北山は、落合数彦の死因についてどう考えるかを絹子に聞いたつもりだった。最近、ずっと気になってきたことだった。それが、話が進む中、いつの間にか、今回のような状況では本人以外はわかりようがないものだということに決めつけられ、さらに話が流れている間に、代わりに『あの世学原論』などという、訳のわからない秘本探しとなってしまった。

『秘本というか、稀本というか……。確かに、どんな内容かには興味もあるが。しかし、それを読んだからといって、数彦から話を聞くことができるわけでもなく、まあ……、数彦の問題には関係なさそうな感じだな』

死んだ数彦から話を聞きたいということから始まった俊亮の秘本探しは、行き着いたところで、数彦の話を聞くことには結び付かないと北山は考えた。また、そもそも、北山にとって、数彦の死因についての疑問は、さほど大きな問題ではなくなってしまったような感じがし始めているのだ。

自殺だったのか、事故によるものだったのか、はたまた事件性のあるものだったのか、それは、わかりようのないものと絹子が断定したことで、北山の心の中が落ち着いてしまい、悶々としていたものが消えてしまったような感じなのだ。

『どうして、興味がなくなってしまったのか……』

その、妙な落ち着き加減も、北山にとっては、自分自身のことであるからなおさら不思議な感じがした。

『う～ん、……そうか、これも、あの、絹子さんの不思議な力の一つなのかもしれないな……』

絹子は、北山の感じたこと、考えたことがすぐにわかるだけではない。知らない間に絹子の思うように動かされていたような、言わされていたような、そんな感覚も、今の北山には残っている。

一方で、北山は、「心の奥にある、何か、暗いものをかき乱すらしい」と言った絹子の言葉も気になっていた。なぜか、よくわかる気がするのだ。

絹子と話していると、心の中の薄暗い所にあった襞が、強い光を浴び、明るい所と暗い所にくっきりと区別され、心がざわめきたち、落ち着いていられなくなる、そんな感じを受けるのだ。


こういうタイプの人に会ったのは、初めてだ。

『世の中には……とんでもない人が、いるもんだ……』北山は、またコーヒーをすすった。

そして、『それにしても、不思議な人だ……』と考えてから、もう一つ大きな不思議が見えてきた。

『どうして、俊亮は、絹子さんと一緒に暮らしていられるんだろうか？　……』

自分なら、一カ月も持たないだろうと北山は思った。いや、そもそも、何日も、対等な形の付き合いを続けていくことすら難しいだろう。俊亮を介して、北山は、どうにか絹子と対等らしく話せていた。

『俊亮の感覚は、自分が想像する以上に鈍いのだろうか？』

俊亮は、社員になっていても、それにすら気付かず、バイトだと思ったまま一年近く暮らしていた。通帳なども絹子に預け、その管理もすべて任せ、俊亮自身は、毎月いくらと、さほど大きくない額を小遣いとして貰って、それで充分と考えている。

昨夜、横になってからの俊亮との話では、日々の生活パターンも学生の時とほとんど変わっていないようだった。少ない、北山からはそう思える額の小遣いでも、月々、少しずつ残って、それすら机の引き出しに貯まっていくらしい。

俊亮は金があってもなくても、ほとんど同じ生活をしていて、それで満足しているのだ。学生時代、そんな俊亮の感覚が、妙に腹立たしく感じたことを北山は思い出した。

それは、俊亮が社会的な地位に興味を示さず、就職するのも、ただ単に、日々悩まずに食べていけるからというようなことを聞いた時だった。社会的な活躍を夢見ていた北山は、俊亮のような考えを受け入れられず、また、自分の願望を、低く見られているような気持ちにすらなって、怒りに似た気持ちが湧き出したのだ。

北山は、その感情を俊亮にぶつけた。その結果、北山が知ったのは、ただ、俊亮は、純粋にそう思っていて、人がそれについてどう感じ、考えるのかということには、全く興味を持っていないということだった。その、完全に自分は自分の価値判断だけで動き、他人の価値観についての是非の判断はせず、その考えや動きには全く干渉しない感覚は、わかってみると、北山には新鮮なものに映った。

昨晩、俊亮が風呂に入っている時に、北山は絹子と向かい合って、雑談をした。

「俊亮が通っている所って、社長さんと奥さん、それに先輩が一人だけの小さな会社なんだそうですね」北山が絹子に言った。

「えっ？　俊君……、まだそう思ってるんですか？」それには絹子の方が驚いた。

大沢が経営する会社の中心となる場所は、他のビルにあり、常勤だけでも三十人を超える社員が勤務している。大沢自身が、自分の発想のための環境を重視して、会社での直接的な指揮を副社長にゆだねて、マンションの自宅の隣にもう一つの事務所を設け、そこで日常の作業をしている。飛び抜けて有能だが他の人に馴染みにくい野村も、そこに置いている。そんなところに俊亮を引き込んでいたのだ。

そのような、家族的な環境にいながら、いろいろと会社に指示を出している大沢だが、それでも、二日に一回、忙しいときには毎日、数時間にわたって会社の方に出向き、みんなの顔を見るようにしている。

「大沢さん……、最近は、毎日のように会社には行っているらしいんですけれどね……。あっ、そうか、大沢さん、出かけるときに、口癖のように『どれ、仕事を貰ってこようかな』なんて言うもんで、そんなこともあって、俊君、まだ気付いていなかったんですね……」

そんな大沢だから、俊亮の感覚を理解して、うまく使い、またその能力を評価するからこそ、ほかに移ってしまう可能性を少しでも低く抑えるために、早く正式な社員にしたくてしょうがなかったらしい。

「わたしも、みんなとは別の方が仕事をしやすいタイプで、そんなこともあって、何年か前から、大沢さんとは懇意にしていたんですよ」

そんな関係で俊亮と知り合ったらしいが、そのことに関しては、北山は、はっきり聞き出すことはできなかった。

「でも、このことは、まだ、俊君には言わないでおいて下さいね。刺激が強すぎるかもしれませんから」

笑いながら絹子がそう言うのを聞いて、『俊亮がショックを受けるのはほんの一時的なこと、すぐに立ち直ってしまいますよ』と冗談交じりに返そうとしたが、北山は思いとどめた。おそらく絹子のこと、そんなことは百も承知ではあるが、それでも、俊亮のために、最も良いタイミングを選ぶのだろうと、北山は考えたからだ。


そのような俊亮に関わる出来事を、聞いたり話したりして、絹子と笑い合っていたが、実は、学生時代から付き合っている俊亮のイメージとは、そんなに変わった印象を受けなかった。俊亮なら、さもありなんと言ったところで、北山が、すでに知っている俊亮像とは、何ら変わるところのない話だった。

そのように生きる俊亮の、生き方そのものについての価値観は、北山のものとはかなり違う。やはり、俊亮は、自分では把握できないレベルで変わったヤツだったんだと、今回、北山はあらためて認識した。親友として位置付けているのが不思議なくらい、判断基準や興味の対象が、自分とは違っている。しかし、だからこそ、北山にとって最も大事な友達でもあるのだ。

そして、俊亮と絹子との生活が成り立っているのは、その、自分と大きく違う部分が俊亮にはあるからなのだろう。

『まあ、おれには、理解不能というところだな……』


『理解不能……か……、うん？』

そういえば、学生時代にも、北山は、俊亮を理解不能なヤツで片付けてしまったことがあった。確か、自分自身の欠点として、どうしても気になることがあったのを、数彦と俊亮に話したときのことだった。

「そんなことは、欠点とは思えないな……。どうなりたいも、こうなりたくないも、とにかく、今はこうなんだから、それでいいんじゃないのか」と、軽く俊亮に言われた。

言われた時は、なるほどと思ったのだが、家に戻ってから考えてみると、欠点を認識し、それを克服しようとしているときに、自分をそのまま、ただ受け入れればいいという、そういうことを言うこと自体、その真意がまったくわからなくなり、理解不能のヤツだと思ったのだった。

ところが、今になって思い出して、また、今の状況と重ねてみて、それが少しわかったような気がした。

それは、そんな、俊亮の言うようなことは、北山にはできやしないということだった。それでいいんじゃないかと言われても、それは、そうはいかない提案だったのだ。自分を受け入れることができないからこそ、欠点と思えることが気になっていた、そして、自分の将来のためにも早く直したいと思っていたのだ。

おそらく、俊亮には、そんな、将来有利になるだとか不利になるだとか、そんなことはどうでもいいことなのだろう。いや、そもそも、有利だとか不利だとか、そんな考え方自体をしないのだろう。

『変わったヤツには……、とんでもない奥さんが来る、か……』北山は、フッと笑って、搭乗の始まったゲートに向かった。

四、秘本探し

「吉成慈雲さんって、もう亡くなっていたんだって……」

俊亮がマンションに帰るなり、絹子が伝えた。

俊亮が北山を送って空港に行っている間に、鳳條晶観から連絡が入っていたのだ。晶観は古いノートの中に、やっと寺の名を見つけ、それをもとに調べて電話を入れてみたところ、慈雲は三年前に亡くなっていた。現在、その息子さんが寺を継いでいるとのことで、その息子さんとしばらく話をして、現状を知った。

絹子はそんな話を聞きながら、ちゃんと、晶観から寺の名前や電話番号を聞き出していた。

「伯父さん、本を貰ったあと、一回も慈雲さんとは会っていなかったんだって……。四十年以上もだよ。それで、亡くなっていたことを知って、ずいぶんショックを受けたらしいんだけれどね……。で、『あの世学原論』だけれど、今の住職さんに聞いたところでは、慈雲さんが亡くなったあと、残されたものを整理したときには、そういったものは残っていなかった、という話だったらしいのよね……」

「そうだったのか……。探す道が閉ざされちゃったってことだね……」

「早いね……」

「えっ？　何が？」

「諦めるのがよ。俊君が、直接、話を聞いたわけじゃないでしょう？」

「直接って、その……、慈雲さんの息子さんにということ？」

「そうよ、こういうことって、会って話を聞けば、何か手がかりが出てくるかもしれないでしょう？」

「でも……、ないって言われたんだろう。そう言われるとさ……、もう、ちょっと、会いにくいんじゃないの？」

「どうして？　会って、何か手がかり、探りたくないの？」

「う〜ん、……その言い方って、やっぱり会うということなのかな」

「そうよ、今度の木曜日に、会って下さることになったのよ」

「えっ？　会って下さるって……、その……、慈雲さんの息子さん？」

「当たり前でしょう？　ほかに誰に会うのよ？」

「木曜日って……、仕事があるよ」

「大沢さんに電話して、休むって話、しておいてあげたからね。大丈夫だよ……。何せ、わがままなバイトと同じようなもんなんだからね」絹子が笑いながら言った。

すでに、すべてが決まっていた。

「絹ちゃんと……一緒に行くんだよね？」

「えっ？　わたしも行くの？　う〜ん、わたしは……、どうしようかな……」

「えっ、え〜」

俊亮の不安そうな顔が、絹子には面白かった。

「冗談よ。もう、休む手はずを整えているから。フフ、車じゃないと大変だから、わたしの車で連れて行ってあげるからね」

「そうか……。それならば、楽しいかもしれないな」俊亮は、嬉しそうにニコッとした。


その木曜日、寺には、約束の二時よりも三十分早く着いた。

門の中に入ってすぐ右側の、駐車場らしき場所に車を止めた。

「ずいぶん早かったね……」助手席に座ったままの俊亮が言った。

「思ったより、道がすいていたからね……。お昼、もう少しゆっくりしていても良かったかもね」絹子が、フロントガラスから覗き込むようにして、周囲を見ながら言った。途中、道の駅に寄って、名物B級グルメなる定食で昼を済ませていた。

「まあ、とにかく、降りましょう」絹子が言って、ドアを開けた。

二人は、外に出た。

「暑いな……」強い日差しを受け、俊亮は、空を見上げた。青い空、白い雲。まだまだ夏の真っ盛りだ。ふと、先週、数彦の墓参りに行った時の墓園の空を思い出した。

「でも……、何か、気持ちがいいね」俊亮が、運転席の向こうに立つ絹子に言った。

「そうね……。とはいっても、やっぱり暑いな。さっ、行ってみようよ」絹子はそう言って本堂の脇にある家に向かって歩き出した。


約束より三十分も早く着いたが、すぐに住職が出てきて、応接間のような部屋に案内された。奥さんが、冷たい麦茶を持って来てくれた。一通りの挨拶が終わったあと、住職が、いきなり本題について話し始めた。

「『あの世学原論』のことなんですがね……、まあ、面白そうな題名なので、もう一度、父の残したものを見てみたのですが……、やっぱりありませんでしたよ」

「そうでしたか……。それはお手数をお掛けし、申し訳ございませんでした」

絹子がすぐに礼の気持ちを伝えた。

「それで、父の昔からの友達で、中山さんという人がこの近くにいましてね……。高校も父と同じだったので、一昨日だったかな、電話で聞いてみたんですよ。そうしたら、何だか、どこかで聞いたことのある本の名前だなということになりましてね……。あとで来てくれることになっているんですよ。それで……、昨夜の電話では、思い出したような感じで話すんですがね……、すぐに教えてくれない。まあ、今日までのお楽しみということにされちゃったようなんですね」

その中山は、二時頃に来るという話だったのだが、しばらく話しているうちにやって来た。

「すっかり思い出したんだよな～。高校の時に、確か……倫理社会とかっていう授業があってだな、その教科書として使われていたんだ」

「倫理社会の……教科書ですか？」俊亮が確認した。

「ああ、確か、倫理社会……だったな。黒松先生という若い先生で……、確か……先生になって二年目か三年目ということだったんだよな」

「そんなに若い先生が……、『あの世学原論』なんですか？」吉成住職が聞いた。

「ああ、そういえば、そうだよな……。今思うと、若かったんだよな……。確か、あの時、二十四、五か。……なるほどな、『あの世学原論』なんてものを教科書として使うにしては、確かに……若いよな」

「どんな内容の本だったのですか？」吉成住職が、中山に聞いた。

「う～ん、……実は、どんなことが書いてあったのかまでは、思い出せねえんだよ……。確か……、霊……あの幽霊の霊だけんどもな……、それがどうのこうのというような話だったが……、おれは、たいして興味を持たなかったんだな……。住職の親父さんは、えらく熱心だったような覚えはあるんだがな……、家柄ってやつかな、ハハハ」

俊亮は、話の内容とはまったく関係なく、中山が、吉成のことを『住職』と呼んだことが面白く、口元が緩んだ。

「じゃあ、中山のおじさんは……、内容については、よく覚えていないということなんですか？」吉成住職が確認した。

「ああ、まあ、そういうことなんだけれど……おい、住職、そんながっかりした顔をしなさんなよ……。今日、おれがわざわざここにまで来て、言いたかったのはだな……、その、黒松先生に会いに行ったらどうなんですか、ってことなんだから」

「ああ、なるほど……。その……、黒松先生は……、まだ、お元気なんですか？」

「あっ、いや……、元気かどうか、生きてるのか死んでるのか、それはわからないんだがな……。まあ、あの当時は、ずいぶん上に感じていたけれど、今思うと、おれたちと七、八歳しか離れていなかったんだから、今、七十五、六なのかな……。で、現住所は……といっても十数年前のものなんだが、仙台のだね……」中山は、そう言って、便せんに書いた住所と電話番号を吉成住職に渡した。高校がなくなって三十五年経ったのを機に行われた同窓会の名簿から拾ってきたそうだ。

「高校の時から会っていないから、変わったのか変わっていないのか……、まあ、わからんがね。……あの当時は、いい先生だったな……、ただ、若いというだけだったのかもしれんがな……、ハハハ」

「どうしますか？」吉成が俊亮と絹子の方を見て聞いた。

「行って、お会いしてみます」すぐに絹子が答えた。


寺を出て五分ほどした頃、運転している絹子が、助手席に座って外の景色を楽しんでいる俊亮に言った。

「もうじき三時か……。ねえ、俊君……、黒松先生に、ちょっと電話をしてみなよ」

「えっ？　黒松先生に？　今？」運転席の絹子の方を見て俊亮が言った。

「そうよ、黒松先生に、今よ……。うまくすれば、今日、これから会いに行ってもいいんじゃないの？」

「えっ？　今日？　これから？」

「そう、今日、これから。そのために、今、電話を入れたらいいんじゃないの、ということなのよ」

「う～ん、……おれが？」

「わたしは運転中。電話をできるのは俊君だけ、ほかにいないのよ」

「ほかにって……、う～ん、何て言ったらいいんだろう……」

「ウフ、毎度のパターンだね、俊君。今回ぐらいは、自分でどうにかしてみなよ」

「え～っ。どうにかするって……。う～ん、そうだ、運転、替わろうか？」

「あらっ？　俊君、運転、できるんだっけ？」

「免許は持ってるよ」

「でも、免許を取ったあと、一度も運転したことがない……。確か、七、八年経つんだよね？　免許取ってから」

「うん。まあね……」

「そんなに、電話するのが嫌なの？」

「いや、だからさ……、本当に、なんて話し出したらいいのか、わからないんだよね……、おれ……。何か、こう、おれには欠陥のようなものがあるのかもしれないね……」

「欠陥というほどのもんじゃないでしょう？　ただ、黒松先生、ご在宅でしょうか？　と聞けばいいんじゃないの？」

「それから？」

「そこからは、誰が電話に出たか、先生はいるのかいないか、そういうことで状況が変わるでしょう？」

「それじゃあ……、先生が直接出て、だからいるということで……」

「今、双葉《ふたば》の香《か》学園での先生の教え子、中山さんからお伺いして、電話を入れた、ということから話し始めればいいんじゃないの？」

「う〜ん。……あっ、あそこのコンビニに車を止めて、絹ちゃんが電話をするっていうのはどうかな？」

「わたし、本気で怒ってもいいんじゃないかと、思い始めているんだけれど」

「う〜ん、それも嫌だな……」

「やればできるよ、やってみなよ」

「できるのは、わかっているんだよ……。ただ、嫌なだけなんだ。……ああっ、もう。しょうがないのかな」

俊亮は、諦めて、携帯を取りだした。本当に、絹子が怒り出しそうな気がしたからだ。どちらかというと、絹子が本当に怒るよりも、電話をかける方が、嫌な時間が短くて済みそうだ。

俊亮が、恐る恐る電話をすると、俊亮にとって、これ以上ない、最高の答えが返ってきた。

『ただいま、この電話番号は使われておりません……』

何も話さなくても良かったのだ。

「この電話番号、使われていないってさ」

「聞こえたわよ。手がかりが途絶えたかもしれないっていうのに、俊君、ずいぶん、嬉しそうだね」

「あっ、いや、嬉しくなんかないよ。ただ、ちょっと、ホッとしたんだよ」

「手がかりが途絶えてホッとしたの？」

「あっ、いや、そうじゃなくてね……。その……、何て言ったらいいのか……」

「わかっているよ。黒松先生と、電話で話さなくて済んだんで、ホッとしてるって言いたいんでしょう？」

「うっ、うん……」

「ちょっと、その、黒松先生の住所、ナビに入れてよ。このまま行ってみるから」

「えっ？　このまま？」

「そう、このまま、真っ直ぐに、黒松先生の所に、行ってみるからね」

「まあ、確かに、絹ちゃんなら、そうなるよね……」

「ええ、こうなるに、決まっているわよね。わたしなら」

「そうだよね……。でも、絹ちゃんと一緒だから、かえって、いいのかもしれないな」

俊亮が、外を見ながら、小さくそう呟いたのを聞いて、絹子は、ニッと笑った。


少し走ったとき、それまで外を見ていた俊亮が、ポツッと絹子に聞いた。

「ねえ絹ちゃん。この間……、絹ちゃんのお母さんが、絹ちゃんのことを怖がっていたって、言っただろう？」

「えっ？　ええ……」

話題にしてから、ずいぶん時間が経ってからの俊亮の質問だ。ずっと考え続けてからの質問。

ややこしい話になるんじゃないかという予感のようなものを絹子は感じた。

「それって、小学生の時の絹ちゃんが感じたことなの？」

「ああ、そういうことなのか……。違うわよ、あの頃は、どうしてお母さん、わたしのこと嫌いなんだろう……そう思っていたのよ」

俊亮の質問は、絹子が予想したのとは、全く違う視点からのものだった。

「じゃあ、いつ頃そう思ったの？　絹ちゃんを怖がっているって……」

「大学に入ってからかな……、仙台で一人暮らしを始めて……、時間があると、家にこもって……、一人で昔のことを考えていたんだよ。それこそ、一日中、ずっとね」

「ああ、前にもちょっと聞いたことあったけれど、なんだか……、暗い感じだよね……。今では考えられないよね、そんな絹ちゃん……」

「まあね……。でもね、大事な時間だったのよ、わたしにとってはね」

「そうか……、そういうもんなのかな……。それで、そのときに、そうだったんだと気が付いた……、ということなの？」

「ええ、そうよ……。わたしって、変な子だったから……、子どもの時からね……。まあ、はっきりと、自分でそれを認識したのは高校の時だけれどもね」

「ふ～ん、変な子だった……か」

「あっ、今でも変だと言いたいの？」

「あっ、そんなつもりじゃないよ……。冗談としては言ってもおもしろいのかもしれないけれど……、でも、今はそんな気にはならなかったよ……。もともと、おれ、絹ちゃんのこと、変だと思ったこともないし……」

「うん、そうだよね……。俊君は、そうなんだと思っている……。で、話を戻すとね、わたし、なぜ、変な子だったんだろうか、どこが、人と違うんだろうかって、ずっと考えていたんだよ。その……、大学の時に、部屋にこもって、昔のことを思い出しながら……。そんな中で、気が付いたということなのよ」

「でも、お母さんの虐めが、怖れの裏返しだってことに、よく結びついたね……。なかなか、そうは思えないよね」

やはり、話はこっちの方に流れて来るのかと、絹子は思った。ここまで入ってくると表面的な説明では終わらない。

「まあね……、わたしが、なぜ、変な子なのか……。友達みたいな周りのみんなとの関係を探っていくとね……、どうしても、周りの人たちと同じような感じでの、友達の関係じゃないってことに辿り着いちゃうんだよね」

「うん？　どういう意味？」

「周りで言う友達同士の関係というものと、わたしと、わたしの友達らしき人たちとの関係は、明らかに違っていたということよ」

「主従関係になっちゃうということ？」

「ああ。……それ、北山さんに聞いたんだね……。まあ、そうなんだよ」

急に右折の信号を出し、車は右折車線に入った。先ほど昼を食べた、道の駅だ。

「トイレなの？」俊亮が聞いた。

「違う……。運転しながら話すのが、辛くなってきたから……、ちょっと休憩よ」

車を駐車場の端の方に止め、絹子は大きくため息をついた。


自分の話題のせいで、絹子の緊張が高まったと感じ取った俊亮は、すぐにシートベルトを外して、ドアに手をかけた。

「コーヒーを買ってくるから、ちょっと待っていてね」

売店などが入っている建物からは、最も離れたところに車は止めてあった。

俊亮は、建物に入り、缶コーヒーではなく、軽食を扱う店でテイクアウトのコーヒーを買った。会計をするときに、近くにあったシュークリームも一つ加えた。


「はい、コーヒー」

助手席に入り込むと、すぐに袋からコーヒーの入ったカップを取り出して絹子に渡した。

「ありがとう……。気が利くね」

「うん、さらにね、シュークリームもあるよ」

「どうして一つなのさ」

「まあ、今の雰囲気から、半分こでいいかと思ったんだけれど……、でも、一つ全部食べたければ、食べてもかまわないよ」

「半分でちょうどよ……。で、さっきの続きだけれどね……」コーヒーをすすりながら、また、絹子が話し始めた。

「あっ、今じゃなくてもいいんだよ、その話……」

「ううん、今話しておくよ。……実は、この話……、かなり、きついことなんだ……」

そう言って、絹子は、またコーヒーをすすった。

「それにね、前から、俊君に、話したくても……、うん、そうなんだ……、話したかったんだけれどね、なかなか話し出せなかったことでもあるんだよ……。だから、こんな時、こんな場所じゃなければ、話せないんだよ……」

「そうか……、それじゃあ、ちゃんと聞いておくよ」

「うん、それじゃあ、さっきの続きからだよ……。その、すぐに、主従関係みたいな……、でも、本当は、主従関係という言葉とは、ちょっとニュアンスが違うんだよ。うん……、まあ、対等な友人関係にはなれないっていうことなんだけれどね……。その理由はね、割と早い段階でわかったんだよ。わたしって、不思議と、相手が何を考えているのかっていうこと、すぐにわかっちゃうんだよね……。そして、何か相手が求めるようなことがあると、向こうが口に出す前に、その人の期待に添うようにしてあげちゃっていたんだよね……。そこが問題だったんだよ」

「そういうもんなのかな……」

「うん、まあ、初めのうちは、よく気が付く人くらいに思われるんだけれどもね……。でもね……、それが何回か続くと、こっちが、親切にしているつもりでも、相手は、不思議な反応をしだすんだよ……。まあ、その原因は、もっと後でわかったんだけれど、それは、怖さを感じてくるかららしいんだよね……。それも、表に出ないような、心の深いところでの恐怖みたいな。……そんな感じなんだ」

「ふ〜ん。……それって、誰かに、そんなこと、言われたの？」

「そんなこと、言ってくれる人なんかいないよ……。しかも、本人たちすら気付いていないみたいなんだよ……、そんな、本当に心の奥深いところでの恐怖なんだと……。わたしだって、その、心の中の深さ……、本人が認識できないようなところがあるっていうことに気付くのには、かなり時間がかかったんだよ」

「そうなのか……。そこを整理してから、お母さんとのことを考えたんだね」

「うん、そっちの考えが一段落して……、で、少し経ってから、また、母とのことを考え出したらね……、今度は、そういうことを考えた後だったからね……、すぐに、心の奥深いところの恐怖ということと、結びついたんだろうね……。そうしたら、なんか、今までわからないと思っていた母の行動の原因が、全部解決してしまったということなのよね……。その、恐怖の裏返しとしてみていくとね」

「なるほどね……、そういうことだったのか」

「そうなんだよ。だからね……、わたし……、俊君と結婚できないんだよ」

いきなり、俊亮の思いもよらないところに話は飛んでいった。

「えっ？ どうして、そうなるの？」

「だって、ちゃんと結婚したら……、やっぱり子どもが欲しくなって……、それで、子どもができたら……。わたし、子どもにまで怖がられたくなんて、ないじゃないの」

絹子は、小さく叫ぶように言って、両手で顔を覆って泣き出した。

一緒に住むようになって、この一年近く、絹子が言いたくとも言えなかったことを、今言ったのだと、俊亮にはわかった。

少しの間、両手で顔を覆ったままだった絹子が、手を下ろした。涙を拭くのを見ていた俊亮が言った。

「でもさ……、絹ちゃん。おれ、絹ちゃんのこと、怖いとなんか思ったことないぜ……」

「知ってるよ……」俊亮が本当は何を言いたいのかわからないまま、絹子は答えた。俊亮の考えだけは、絹子にとってもわからないことが間々ある。

「だからね、子どもだってさ、怖いなんて思わないいんじゃないのかな……」

「えっ？」意外な考え方に絹子は驚いた。

「生まれたときからのことだから、自分のことを、よくわかってくれるって思うくらいのもんなのじゃないのかな……。後は……、まあ、少し大人になってきたら……、鬱陶しくなるかもしれないけれど……」

「鬱陶しい……だけ……なの？」

「ああ、親の干渉が鬱陶しくなってくる……、まあ、おれの経験上、中学生くらいかな……。そうなってきたら、親の方から、子どもと少し距離をとるようにしていけばいいんだと思うよ。そうすれば、何を考えているのかわかられても、怖さには結びつかないと思うんだ。そういえば、その、子どもからの離れ方は、うちの親はうまかったんだと思うな」

「そうなのかもしれないね……。俊君のうちって、親と子の距離がいいよね」

「うん、まあ、それだけは、親を褒められるかもしれないよね」

「それだけか……。いいね……、そういうのって」

「まあ、でも、今の話からすると、結婚するのかしないのかは、これから時間をかけて考えていけばいいことになって……、うん、話を聞けてよかったよ。……で、このコーヒー、どうする？」

絹子は、話の途中で、コーヒーの入った紙コップを俊亮に渡していた。絹子は、そのカップを受け取り、一口飲んだ。

「フ～ッ、なんだか、やっぱり、俊君は俊君だね……。話に重いも軽いもない感じだよね」

「そんなことはないよ。今の話は、しっかりと覚えておくんだから……」

「で、重かった？」

「うん？ 今の話のこと？ 絹ちゃんのことは、よくわかったけれど……、重い？ のかな……、あれ？ どうなんだろう」

「ほらねっ、俊君にとっては、そんなもんなんだよ……。出る前に、手洗いにでも行っておこうか？」

「ああ、そうしようよ」

二人は車を降りた。蒸し暑い空気が体中にへばりついてきた。

中山から教わった黒松先生の住所には、家がなかった。車を降りて見てみると、道路脇に、がらんとした空き地があって、雑草が茂っていた。

「家も……、ないんだね……」俊亮が言った。

「ええ……、あっ、ちょっと、隣に行って聞いてみようよ」

絹子は、さっさと隣の家に向かって歩き出した。俊亮は、慌ててそのあとを追った。

呼び鈴を押して出てきた初老の婦人に、絹子は簡単に自己紹介してから聞いた。

「お隣に、黒松先生がいらっしゃると伺って、訪ねてきたのですが……」

「ああ、黒松さんね……、震災で家が傷んで、引っ越しされましたよ」

絹子は、このような場合には、短時間で、人の警戒を解いてしまう。隣のご婦人は、丁寧に話をしてくれ、最後には、黒松先生に連絡を取ってくれることになった。

「では……、双葉……？」

「双葉の香学園です」絹子が、今は存在しない高校の名前をもう一度言った。

「双葉の香……学園……ね。その時の教え子の……、中山さんから伺って、訪ねて来られた。これでいいわね。今、電話で、黒松さんに確認をしてみますね」

しばらく奥で電話をしていた夫人が出てきた。

「電話番号を教えてもいいということだったわよ。これが、その電話番号。すぐに電話して下さいね」夫人は、電話番号を書いたメモ用紙を絹子に渡した。

絹子と俊亮は、丁重に礼を言って、車に戻った。

運転席に座った絹子は、軽く腕を組んで、左手を顎に当てて、思案顔となった。

「さてと……、もうじき四時半か……。中途半端といえば、中途半端だよね……」絹子が、そう言い始めると、俊亮は、ビクッとした。次に、黒松に電話をするようにと、絹子に言われるのではないかと思ったからだ。

「とはいっても、やっぱり、すぐに黒松先生に電話を入れなくちゃいけないよね。フフ、ビクビクしなくても大丈夫だよ、俊君。わたしがやってあげるから」絹子は、そう言うと、ニコッと微笑んだ。俊亮は、自分が電話をしなくて済んだので、体中の力が抜けるほど、ホッとした。

「俊君って……、本当に、電話するのが、嫌いなんだね」

笑いながらそう言って、絹子は黒松に電話した。

その話の結果、このまま真っ直ぐに、黒松の家に行くことになった。黒松は、震災で家を壊さざるを得なくなったことを契機に、息子さん夫婦と一緒に暮らしていた。

黒松から聞いた道順で、十分ほどで、着いた。

息子さん夫婦と同じ家なのかと俊亮は思っていたが違っていた。二階建ての息子さんの家のすぐ隣にある、小さな平屋の家が黒松の住み処だった。

すぐに、和室の茶の間に通された。

簡単に挨拶を済ませ、絹子は、まず、住職をしている伯父、晶観から、『あの世学原論』という本が、昔あったという話を聞いた、という形で話を始めた。

「ああ、『あの世学原論』か……。いや、また、懐かしいものが出てきたな……。うん、それで」黒松は、絹子の話に、すぐに引き込まれた。

その後、伯父から聞いた吉成を、今日訪ね、同席してくれた中山から黒松の住所を聞くまでのことを、簡単に話した。

「中山君だったよね……。実は……、さっき電話でその名前を聞いてから、当時のことを思い出そうとしていたんだがね……。申し訳ないが、中山君という生徒さんは、覚えていないんだよ。……まあ、五十年も前のことだからね。情けないことに、その頃の生徒さんで、しっかりと覚えているのは、二十人程度といったところなんだよ……。ただ、今の話に出てきた吉成君のことはよく覚えているよ、熱心な生徒さんだったからね。でもね……、そうか……、もう、亡くなってしまったのか……。まだ若かったのにね……」

黒松は、双葉の香学園には、五年間在職しただけだった。しかも、その後半は双葉の香学園廃校の動きの中で慌ただしく過ごし、その後は県立高校に移った。

「双葉の香学園には、本来、数学を教えるということで入ったんだけれどね……、当時、倫理社会を担当されていた先生が、夏休みが始まるまでには学校を辞めるということになってね……。それで、新入りのわたしは、九月から、その倫理社会も担当させられることになったんだよ。全く違う分野なんだけれど、当時はそんなことも、結構あったんだよな……。それで、その前任の先生が、授業の副読本として使っていたのが、『あの世学原論』ということなんだね」

「副読本……だったんですか？」俊亮が聞いた。

このくらい時間が経つと、俊亮も普通に質問ができるようになってくる。そんな俊亮を見て、絹子は小さく唇を緩めた。自分は一歩下がって二人の会話を聞くことにしたのだ。

「ああ、倫理社会の副読本だったな……。ただ、副読本とはいってもだね、結構時間はかけたように覚えているね……。とはいっても……、そんな、『あの世学原論』を副読本としての授業は、初めの二年間だけだったんだけれどもね」

「二年間だけだったのですか？」

「ああ……、二年間だけだったね。当時、校長から、教科書に専念して授業をやるようにと……、まあ、そんなことを言われちゃったんだよね。……ああ、そうだ、確か、前任者が残した、『あの世学原論』が、底をつきそうだったのでね、校長に増刷を頼んだら、そういう話になったということだった……ような気がするな……。うん、まあ……、今思えば、廃校間近で、印刷する金もなかったのかもしれないね」

「すると、その本は、もう残っていなかったんですか」

「ああ、みんなに一冊ずつあげていたからな……、二年目に配ったそのあとは、何冊か残っていただけで……、五、六冊くらいなもんだったのかな。そのあとは、もう不要ということでね……、おそらく、そうなって、残っていたのを吉成君にあげたのだと思うよ。実は、その、残ったものをどうしたのかは、何も覚えていないいんだけれどね……。彼は、あの世学に熱心だったから、たぶん、あげたんだろうね……。僕も、自分用に、確か二冊持ってはいたんだけれど、いつの間にかなくなってしまったね」

「もう、『あの世学原論』は、お持ちではないのですか？」

「ああ……ないね……。転勤とか、そういうときに、いらないのを処分してしまうからね。担当は数学だったしね……。十数年……いや二十年くらい前のことだったかな……、何かの時に、読み返したくなってね、一冊だけでも残しておけばよかったと、そう悔やんだ記憶があるよ……。と、いうことで、今はないんだよね」

「そうですか……。もうないんですか……」

「残念だったね、俊君」絹子が言った。本当に黒松はこの本を持っていない、と絹子は感じ取って、俊亮に区切りを付けさせた。話を先に進ませる狙いもあった。

「うん……、そうだね……。それで、その、『あの世学原論』を書かれたのは、その前任者の方なんですか？」

「ああ、大月田先生……、大月田玄齋というお坊さんだったんだがね……。その大月田先生が書いたんだよ」

「どんな本だったのですか？」俊亮は、簡単な内容を聞いたつもりだったが、答えは、その体裁についてだった。

「三十ページ……、いや、もっと薄かったかな、B5の半分くらいの大きさでね……。まあ、今で言うなら、簡単なパンフレットというところだな……。そういえば、どうやって綴じていたんだか……、何度か読み返していると、すぐにバラバラになっちゃうんだよね。紙も悪かったし」

黒松の話では、授業が終わる頃には、ほとんどの生徒の本はバラバラになっていて、本としての原形をとどめていたのはあまりなかったということだった。

その話に続けて、黒松の話は大月田に関してのこととなった。

その本を書いた大月田玄齋は、当時、四十歳くらいだった。今、生きていれば、九十歳くらいになる。国語の先生だったが、どういうわけか倫理社会も担当していた。黒松は、九月から大月田の授業を引き継がなくてはならないということで、授業の内容や進め方に関して、大月田からいろいろと話を聞いた。四月に黒松が赴任してから、七月に大月田が辞めるまでの四カ月近くにわたって、大月田から丁寧な教えを受けた。

その中でも、『あの世学原論』に関わる大月田の話から、黒松自身、非常に大きな刺激を受けた。続けて夜遅くまで話を聞き、一時は、頭の中が、そのことだけになってしまい、本職の数学の授業に影響が出そうなこともあった。

しかし、大月田が辞めて、次の一年で『あの世学原論』を授業に使うのをやめると、その本の存在は、徐々に黒松から離れたものとなっていった。また、廃校に向かっての動きや、県立高校への転職などで忙しく、黒松は、大月田に連絡を取る余裕すらなかった。

大月田の方でも、人との関係を保つということに関しては、まるで無頓着だったせいか、双葉の香学園でのお別れの挨拶を最後に、その後、二人はまったく交流していなかった。


「そうだったんですか。……それで、その本の内容……、その本には、どんなことが書かれていたんでしょうか？」

「ああ、それは、まさに、あの世についてだな。……え～と『一の定義として、あの世とは、霊の世界である……』と始まる。……おお、これはこれは……、ハハ、五十年も経ったのに、出だしだけは覚えているもんなんだな」黒松は、言い出してみて、出だしを覚えていたことに、自ら驚いているようだった。

「とはいっても、あとは、何となくしか……、だから、何がどんな順に書かれていたのかなどは……ほとんど覚えていないんだね。ただね、全体を通して、死んだら霊になる、そして霊とはどのようなものなのか……というような感じだったかな」

「大月田先生は、黒松先生に引き継ぐ前には、それを授業として、ずっとやっておられたのですか？」俊亮が聞いた。

「あっ、いやいや、そうじゃないんだよ。わたしが赴任する……確か、二年前だったかな……、その頃から始めたらしいよ。だから、おそらく、三年目の途中で引き継いだということなんじゃないかな……」

「ああ、そうなんですか……。その本を使い始めて、すぐだったのですね」

「まあ、大月田先生によると、自ら書いたその本で授業をしていたら、何か、自分で感ずるところが出てきたらしいんだよね……、それで、また、僧侶としての修行を続けたくなって、高校をお辞めになるんだと聞いていたね。おそらく、自分でまとめたことを、何度も読み返しているうちに、書いたときには気付かなかったことや、本当は理解していなかったことが、だんだんとわかったということもあったんじゃないのかな」

「なるほど……。そういう感覚って、何だか、わかる気がしますよね」

「そうだね」

「そもそも、大月田先生は、なぜ、あの世に興味を持たれたのか……、そのことについて、お話を伺ったことは、ありませんか？」一息入ったところで、絹子が聞いた。どうも、俊亮と黒松の話の流れでは、霊から話を聞くといった、絹子の考えている核心的な方向には話が進まないような気がしたからだった。

「う～ん、なぜ、か……。なぜ、大月田先生は、あの世に興味を持たれたのか……、だね？　なるほど、そうだね……」

絹子の質問に対して、なぜ、『なるほど』というような答えになるのか、俊亮にはわからなかったが、絹子は黙って黒松の次の言葉を待っていたので、俊亮もそのまま黙って待つことにした。

少しの間を置いて、黒松が言った。

「今、思うとだね……、当時、大月田先生から伺った話の多くは、今の質問の背景のようなものだったようにも思えるね」

また、黒松は、考えをまとめるような感じで少し黙った。

「うん、そうだね……、今となっては、そんなにしっかりと覚えていないから……、まあ、先生がどのように過ごしてこられて、あの世に興味を持ったのか……、というような話でも、いいかね」

「ええ、もちろんです。是非」絹子が言った。

「そうか。……それじゃ、時間をおって話した方がいいね……。たしか、戦争が終わって……、ああ、第二次大戦のことなんだけれどね……、それから三年くらい経った夏……」黒松は、途切れ途切れに話し始めた。

「大月田先生は、終戦でごたごたしていた頃に大学を卒業されて……、そのあとは、僧侶になるための修行をされていたらしいんだがね。……その夏に、急にほかの宗教に興味を持たれたようでね」

「ほかの宗教ですか？」俊亮が聞いた。

「ああ、何という宗教だったかな……。当時、急にはやった新興宗教のようで……、確か、何というのかな、いろいろな宗教の教理をいいとこ取りして、それを一つにまとめたような感じの……。まあ、大月田先生は、その宗教の勉強を始めたそうなんだよ」

「改宗された……ということなんですか？」

「いや、改宗というのでもなくてね……。まあ、流行っているほかの宗教の教えを見てみようといったくらいのものだったのじゃないのかな」

大月田はその新興宗教の集会に通い、教理に関しての勉強を進めた。やり出すと夢中になる性格、どんどんと、その教えや考え方を吸収していった。

「ところが……、まあ、詳しい時期はわからないんだけれど、ふと、その宗教の教理の中に矛盾があるように感じたんだそうだよ」

「矛盾ですか？」

「ああ、矛盾、……そうだね、たしか、大月田先生は『矛盾』と言ってたな」

「どんな、矛盾なんですか？」

「うん。その教理の中の矛盾というのは……、え〜と……、何度も聞いたはずなんだけれど、……たしか、神は全知全能であり、深い愛と慈悲の御心を持つということ……。それと、人は犯してはならない罪があり、それを犯すと地獄に落とされるということ……。確か、この二つの教えが矛盾するのではないかと……、そう大月田先生は感じたようなんだな」

「え……、その……、その二つが……矛盾するのですか？　その……、そこのところ、よくわからないんですが……」

「うん……、まあ、そうだよね……。わたしもね、ここのところは聞いたままのことを思い出しながら話している、という感じなんだけれどね……、取りあえずは、だね……、フ〜ッ」

　黒松は、そこで大きな息を一つついた。


「まあ、実は、覚えていることが正確なのかどうか……、たぶん……、こんなことじゃなかったかな……。まずね、神様は全知全能でおられるのだから、人間に、してはいけないことを示して、『これをしてはいけませんよ』というのではなく、してはいけないことがあるのなら、初めから、人間にはそれができないようにしておけばいいのではないか。それが、深い愛と慈悲の心なのではないかと……、確か、大月田先生は、初め、そんなふうに考えたらしいんだよ」

「うん？　……わかるようで……、ちょっと、難しいですね……。してはいけないことを、初めからできないようにしておけばいいって」

「まあ、確かに……。でも、神様は全知全能で……、何でもできるわけだからね」

「何でもですか……。本当に、何でもできるということなんですよね、全知全能っていうのは」

「そう、できないことは何もない。そもそも、神様が、この宇宙を造られた、と理解していることを見てもわかるように、どんなことでもできると信じる。それが全知全能のとらえかた……、意味するところなんだろうね」

「なるほど……。大月田先生は、神様をそこまで信じて、そして、そこに矛盾があると考えた。そういうわけなんですね」

「まあ……、今の段階では、取りあえず、表面的な矛盾点とでも言っておいた方がいいかもしれないがね」

「表面的な矛盾点？」

「まあ、そのことについては、あとで話すよ。この辺は、僕もわかりにくくて、ずいぶん考えさせられたことだからね。で……、もう一つ矛盾点を挙げておられたのだよ」

「今のことの他にですか？」

「いや、今のことの中にだよ」

「今のことの中……？」

「うん、罪を犯せば罰を与えられるというところだね」

「それが……どうして、矛盾点なんですか……」

「まあ、この辺の考え方は、大月田先生が仏教の僧侶になる修行をしていたということと関係あるのかもしれないけれどね」

「僧侶……ですか」

「ああ……ほら、『善人なおもて往生をとぐ、況んや悪人をや』というのがあるだろう……。その感覚だと思うんだけれどね」

「それ、読んだことはあるんですが、どうも、よくわからなかったんですよね」

「うん……。まあ……、そうかもしれないね」そう言って、黒松は黙ってしまった。どう説明したらいいのか考えているようだった。


「まあ……、それじゃ、その話は、取りあえずこっちに置いといてだね……」黒松は、説明する代わりに、その話題を棚の上に放り投げた。

「大月田先生が興味を持ったその新興宗教では、死ぬと裁きを受けて、天国に行くか、地獄に落ちるか、ということだったらしいんだね」

「そのことは、ほかの普通の宗教でも、よく聞きますよね」

「そうだね……。ただ、先生が気になったのは、天国か地獄、そのどちらかしかないということなんだね。だから、裁きのあとはというと、天国に行けばずっと天国、地獄に行けばずっと地獄というような……、そんな考え方だったそうなんだよ」

「それって、一度地獄に落ちちゃうと、そのあとずっと地獄で暮らし続けなくてはならないっていうことですか？」

「ああ、そうらしいよ」

「未来、永劫にですか？」

「ああ、そういうことなんだろうね」


「その……、地獄にも、地下一階だとか地下二階だとかっていうのがあるんですか？」

「うん？」

「あっ、ほら、罪っていっても、いろんな罪があるじゃないですか。明らかに重いだろうなと思うような罪もあれば、考え方によれば、軽そうな感じの罪も……」

「まあ、詳しくは知らないんだが……、仏教でも八大地獄というのは聞いたことがあるから、まあ、いろいろな地獄はあるんだろうけれど……、その宗教ではどうだったのかね。ただ、そんな、何階建てというようなものではなかったと思うね」

「え〜、じゃあ、まったく反省していない人も、深く後悔している人も、ずっと地獄で、同じ扱いなんですか?」

「いや、だから、それは、大月田先生から聞いた話で……。本当のことは、わたしだってわからないよ」

「何か、深く反省していたら、地下三十階から地下二十七階まで上げてやるっていうような感じのシステムが、あってもいいですよね」

「そんなものを、我々が勝手に造るわけにはいかないよ……。なにしろ、大月田先生の話では、そうだったということなんだから。……ああ、そうだ、今のね……、そんな感じの思いを、もっと大きな愛というもので見ていくと、さっきの『況んや悪人をや』ということになるんだと思うよ」

「えっ、そう言われても……、さっきのは、往生するんで、まあ、天国に行くのと近いような感じですよね」

「まあ、軽い感じで考えると、そうとも言えるかもしれないね」

「そうだとすると……、それとも、ちょっと違う感じもするんだけれど」


「まあ、ちょっと話を元に戻すとだね」

「あっ、そうでした。すみません、こっちが伺っているのに」

「いや、かまわんよ。それで、さっきのところだけれど……、もう少しちゃんと説明すると、わざわざ、罪を犯すか犯さないか、どちらでもできるようにしておいて、そして、罪を犯せばもう終わり、未来永劫、地獄だよ、というのは、深い愛、大いなる慈悲と矛盾するのではないかということなんだよ」

「ああ、なるほど……、そう言われれば、そこのところは、何となくですが、わかる気もしますね」

「まあ、それで、話を、ずっと先に戻してだね、……なぜ、大月田先生が、あの世に興味を持たれたのかということだったよね」

「あっ、そうでした」

「で、その矛盾点だが、神様に、そんな矛盾点はあるはずないから……、まあ、そう考えるほど、大月田先生は、素直に神様を信じていたということになるのだろうけれど……、そう考えてだね……、してはいけないことを、なぜ人間はできるようになっているのか、というような見方で一生懸命に思索したんだそうだよ」

「矛盾はないはずだ、っていうことですか？」

「ああ、神に矛盾はない。そういうことだね」

「それで、さっき、表面的な矛盾点とおっしゃったのですね？」脇から絹子が聞いた。

「うん、まあ、そういうことだね……。一見すると矛盾に見えること……という感じだね」

黒松は、ニコッと笑って答えて、話を続けた。

「で、その宗教を離れて、一人、修行を続け、放浪のような生活をして思索したそうなんだが……、二、三年経ったあるとき、その矛盾と思っていた原因を突き止めたんだそうだ」

「矛盾の原因……ですか？」

「いや、矛盾と思っていたことの原因」

「ああ、矛盾はないはずですからね……。で、それは、何だったんでしょうか？」

「輪廻転生の考え方なのだそうだよ」

「輪廻転生……って、生まれて死んで、また生まれるっていう、あの輪廻転生ですか？」

「ああ、人は生死を繰り返すという輪廻転生。その考え方が入れば、何の矛盾もなくなると、そう考えたらしい」

「よくわからないんですが……」

「まあ、それはそうだろうね……。大月田先生は神は全知全能であるということ、そして、すべてを凌駕する深い愛と、慈悲の心をお持ちであるということを絶対的なものとして、そのほかのことを考えていかれたようなんだね」

「それで、結論は、輪廻転生の考え方を持ち込む……、ということになるんですか？」

「まあ、持ち込むというよりも、輪廻転生の考え方を前提にすれば、ということになるんだけれど、そうすれば、すべてが解決するとお考えだったようだね」

「まだ、よく、わからないんですが」

「うん、ここはね。……そうだね、今思うと、結局……、天国行きか地獄行きかしかない、ということは、大月田先生、考えのどこかで放棄しちゃってるようにも思えるんだけれどね……、まあ、先ほどの……してはいけないこと、それをすることができるようにしているということは、それによって、人間をより高いものへと歩ませるための選択肢……、そんなふうに捉えられたようだね」

「より高い……もの？　……」

「罪を犯して、死んで、その罪を悟って、悔悟の気持ちから、地獄のような心の苦しみを味わい、また生まれてきて、次の人生でそれを償う……。自分が播いた種は、人生は替わるけれど、結局、自分で刈ることになる……。仏教では、因果応報といってることなんだろうね。まあ、それゆえ、してはいけないことをも、するかしないかはその人が選択できるようになっている、そう、先生はお考えになったようだね」

「ああ……なるほど……。そこのところだけは、何か……、わかったような気もしないではありませんが……」

「うん、まあ……、難しいところだからね。……しかしだね、そんなことは、理解できようが理解できまいが、実は、今、関係ないんじゃないのかな？」

「えっ？」

「君たちが聞きたいのは、大月田先生が、なぜ、あの世に興味を持たれたか、だったんじゃないの？」

「あっ、そうでした……。そういえば、ずいぶん離れた話になっていますよね」

「いや、離れてはいないんだよ。今、それを話してはいるんだ。ただ、今話していることの内容を理解するか、しないかは、あまり関係のない、道筋のことだと言っているんだよ」

「え〜？」

「まあ、だから、今まで話したようなことを考えていた大月田先生はだね……、そのことから、次には、輪廻転生というものを深く考えるようになっていって、そのうちに、だんだんとだね……、死んだら、本当はどんな世界に入るのだろうか、ということに興味を持つようになられたようなんだね」

「ああ、なるほど……、それで、あの世学となっていくのですね」

「うん……、まあ、そういうことなんだよね」

「あの世学は……、死んだらどんな世界に入るのか……、からなんですね？ ……実は、僕も、死んだ人は、どこにいるんだろう……の考えから始まって、今、ここにいることになったんですけれどね」

「それと、霊から話を聞きたい、ということだったよね」絹子が俊亮に言った。

「うん？　霊から話を聞きたい……か」黒松がポツリと言った。

「えっ？　何か？」俊亮が聞いた。

「うん？　いやいや……、今、霊の話を聞きたいと言ったけれど、実は、大月田先生があの世をおぼろげながらも理解されたのは、その、霊から話を聞くことによってだったらしいんだよ」

「えっ？　そうなんですか……。霊の話を聞いてですか……。あっ、でも、その、おぼろげながらも……というのは？」

「ああ、いくら『あの世学原論』などと名付けてあっても、そんなに正確に、あの世のことがわかっていたわけではなかったようでね。まあ、それでおぼろげながらも、ということなんだが」

「そうだったのですか」

「うん。まあ、それはやむを得ないんだと思うね。わたしもね、その、原論の知識をもとに、この年までずいぶんいろいろと経験を積み重ねて来たんだけれど、それでも、そのおぼろげながらもという原論のレベルから、上に行くことはできそうにないんだよ」

「大月田先生は、霊の話を聞くことができたのですか？」二人の会話に割り込むように絹子が聞いた。こんな肝心のことを置いておいて、また、男二人の話が脇に流れていきそうになったので、早めに戻しておいたのだ。

「うん？　ああ……、そう、そうなんだと思うね……。そうでなくては、あんなこと、わかりようがないように思うんだよね……」

「大月田先生が、霊と話をするところをご覧になったことは？」絹子が聞いた。

「いや、まさか、そんなところを見たことはないよ。先生から伺っただけだが……。確か、先生の知り合いで、霊感の強い女性がいてだね……」

その女性に瞑想をするような感じで座ってもらい、その前で大月田がお経をあげると、場合によっては、その女性を介して霊が現れるらしい。

「恐山のいたこさんみたいな感じなんですか？」絹子が聞いた。

「ああ、まさにそんな感じらしいんだが、ただ、その女性に降りて来る霊は特別な霊らしくてね」

「特別な……霊……なんですか？」俊亮が聞いた。

「ああ、大月田先生は、そう言われたんだが……、実は、わたしはいまだによくわからないんだけれどね。その霊は、最近死んだ誰々の霊だとかいうのではなく、ずっと霊のままでいるような霊だとか……」

「霊のままでいる……霊？　……それって、霊にも、いろいろなタイプがあるんですか？」

俊亮が聞いた。

「うん？　タイプと言っていいのかどうか……。そうそう、『あの世学原論』に、『霊には、心の進み方により階級があり……』だったかな……まあ、そんなところがあってね、当時、わたしは、その階級のことかと思っていたんだがね。でも、今思うと……どうもよくわからんことだね」

「その霊が、いろいろと教えて下さったということなんでしょうか？」また、話を戻すように、絹子が聞いた。

「うん、そうらしいんだよね。まあ、そのようにしてあの世についての話を聞いて、少しずつわかったんだというようなことを、ちょっと聞いただけなんだがね……」

そのあと、いろいろと聞いていても、絹子の欲しい情報は、もう出てこなかった。

六時半を過ぎてしばらくした頃、黒松に、隣の息子さんの家から電話がかかってきた。黒松は、普段、夕飯を食べに、六時半までには息子さんの家に行く習慣になっているのに、今日はなかなか来ないので、その確認の電話だった。

これを機に、礼を言って、俊亮と絹子は黒松の家をあとにした。

五、結婚しようぜ

「さすが、数学の先生だったたって感じだわね」車を運転し始めて、住宅地から幹線道路に出たときに絹子が言った。

「えっ？　どういうこと？」

「会話なのに、文章のように一つのものをしっかりと追っていて、話の構造が明確だってことよ」

「話の構造か……。そんなこと、考えもしなかったな……」

「まあ、俊君なら、そうだろうね……。で、切れちゃったかもしれないね」

「切れちゃったたって？」

「『あの世学原論』に辿り着くための道筋がよ」

「へえ……、そうなの？」

「うん？」

「おれ……、絹ちゃんのことだから、てっきり、何としてでも大月田先生を捜しなよって、言われるとばかり思っていたんだけれど……」

「うん？　そうか……。なるほどね、本がなくても、書いた人に会えれば、何か出てくるかもしれないもんね」

「あれっ？　絹ちゃんなら、すぐにそう考えると思ったんだけれど……、違ったのかな？」

「うん、今回、それは思い浮かばなかったな……。そうだよね……、考えてみると不思議よね。普段のわたしなら、すぐにそのように考えるのがパターンだよね。どうして、わたし、直接、著者を捜すということを考えなかったのかしら」

「やっても、うまくいかないし、これ以上、もう、何も得ることがないからなんだろうね」

独り言のような感じで俊亮が言った。

「えっ？」

「あっ、まあ……、絹ちゃんが、そのように思いつかないときってね、たいてい、やっても意味がないんだよ……」

「そうかしら？」

「そうなんだよ。経験上……といってもこの一年近くの間の経験だけれどね。だいたい、そうだったんだ……」

「でも、やってみなければわからない……かもしれないわよね。プロに頼むっていうのもあるかもしれないけれど……、俊君、捜せるの？」

「う～ん、まあ、ネットの範囲だけれどもね」

「ふ～ん。俊君、普段、あんまりインターネットやっていない割には、今回は、やる気はあるんだね」

「まあ、知らない人に会ったり電話したりするのとは、わけが違うから。少しぐらい面倒でも、あんまり苦にはならないよね」

「そうなのか……。わたしとは逆だね」

「まあ、絹ちゃんならそうかもしれないよね。直接、人に当たっていく方が得意だもんね」

「何よ、その言い方……」

「うん？　いや、別に変な意味はないよ。ただ、本当に、そういうことができるのっていいな、と思って言ったんだから。あっ、それとね、おれが、普段、あんまりネットをやらないのは、仕事がパソコンばかりだからなんだよ」

「普通、そういう人の方が、インターネット、好きなんじゃないの？」

「まあ、そういう人も多いけれど、でも、逆の人もけっこういるんだと思うよ。せっかく三次元の世界で自由に動けるのに、モニターばかりが相手じゃつまらないってことなんじゃないかな……」

「ふ～ん、半分意味不明だな……。何か……、俊君の言うことって、時々……、うん、不思議な気がするよ」

「えっ？　その……、不思議って、どういう意味？」

「う〜ん、……まあ、単なる感想を一言にまとめたものよ」

「あっ、うそだ〜。何か考えがあったんだけれど、それを説明するのが面倒になっただけなんだろう？」

「フフ、当たり。俊君、こういうことでも、わかることがあるんだね」

「あれっ、そういうふうに答えて終わっちゃうの？　やれやれだな……、まあ、しょうがないのかな……。あっ、そうだ、帰ったら、ビールでも飲もうよ」

「えっ？　どうして、急に、ビールになるの？」

「う〜ん。そうだね……、まず、不思議と言われたそのもとはということでインターネットが出てきて、そのインターネットで捜すということからパソコンが浮かび上がって、パソコンが暑い部屋のイメージに繋がって、それで汗が出ているような感覚を感じて、暑い今日一日、いろいろあったな〜となってから、そういえば、今日一日お疲れ様でしたっていうことでビールが飲みたいなって、まあ、そう繋がった感じかな……」

「相変わらず、一瞬のうちに起こる俊君の不思議な発想とその連鎖だよね……。単純なようで、特異な感じで……。まあ、今日はいろいろあって、喉も渇いたしね。いいよ、今晩、ビールを付き合うよ」

「うん、ありがとう。何か、急に楽しくなったよね」

「フフ、いつも楽しかったり、嬉しかったりで……、俊君って、本当にいいよね」

「うちに、ビール、あったっけ？」少し走ってから、俊亮が聞いた。

「この間、北山さんが来た時に買っておいたのが、まだずいぶん残っているよ」

「そうか……、あいつ、昔ほど飲まなくなったからな」

「昼間っから、けっこう飲んでいたからなんじゃないの？」

「いや、外では中ジョッキ二杯だけ……、あっ、数彦の分も半分ずつして飲んじゃったから二杯半だったな……、それだけだよ」

「まあ、わたしから見ると、けっこうな量だけれど、確かに、それならもっと飲んでも不思議ではないわね。それに、少し多めに買っておいたから、まだ充分あるよ」

「うん、飲もうとはいっても、そんなにいっぱい飲むつもりでもないし……」

「いつも飲むくらいなら四、五回分あるよ」

「それじゃあ、このまま真っ直ぐにうちでいいね」

「ええ、このまま帰るからね」

「あっ、それと……、吉成さんのところでの別れ際、中山さんが、あの世のことなんて、あの世に行けばわかるんだから、って言ったときに、絹ちゃん、スッと話を流したよね……。あれ、どういうこと？」俊亮が絹子に聞いた。

寺を出る直前、見送りに出た中山に、絹子が『中山さんは、あの世学には興味をお持ちでなかったんですか？』と聞いたときの中山の返事だ。達観したような感じで中山が答えたのだが、絹子は、ニコッと笑って、小さく頷くだけで返事とした。

あの状況、中山からすれば、絹子が中山の意見を受け止めて、高く評価してくれたと思ったのかもしれないが、俊亮から見ると、軽く受け流したとしか考えられなかった。

人によって、様々に受け取れる感じの、絹子の小さなニッコリ頷きであった。

「ああ、あれね……。まあ、俊君が感じた通りということよ」絹子が答えた。

あの時、絹子が中山を軽く馬鹿にしたように、俊亮は感じたのだが、ということは、そうだったということで……。

「どうしてなの？」

「だって、あの世に行けばあの世のことがわかるなんて……、この世にいて、この世のことがすべてわかっているような感じで言ってたじゃない？　昔、友達は興味を持って一生懸命に勉強していたのに、自分が興味を持たなかったということを、そういう言葉で片付けちゃうなんて、あまりにも単純だと思っちゃったのよ……。で、つい、態度に出ちゃったんだけれど、あの中で気が付いたのは俊君だけだったんで、まあ、ホッとしたというわけよ」

「気が付いたのは……、おれだけだったの？」

「ええ、中山さんは、逆に、わたしが感心したように取ってくれたし、吉成さんは、他のことを考えていたみたいで、気が付いたのは俊君だけ」

「そうだったのか……。でも、確かに、あの世に行ったからって、あの世のことが全部わかるわけじゃないいんだろうね……。うん？　そうか……。絹ちゃん、『あの世学原論』に対しても、そんな感覚なのか」

絹子は、前を見たまま、ニッと笑った。


次の土曜日の十一時過ぎ、俊亮が自分の部屋から出てきた。クーラーをかけていないので、窓もドアも開け放してある。

「お腹、減ったの？」リビングのテーブルで書類をめくっていた絹子が、書類から目を離し、俊亮を見て聞いた。

「ああ、そういえば、ちょっと減ったかな……」

「そういえばって、それじゃあ、何しに来たのよ」

「何しに来たって、それ、それ……、ちょっと冷たい言い方じゃないの？」

「まったく……、何言ってんのよ。それじゃあね……、俊亮様、何かご用ですか？　……どう？　これでいい？」

「うん、ちょっとはましかな……。で、ね、まあ、お知らせ、というところなんだけれど、大月田玄齋さんは、亡くなっていたみたいだよ。十年近く前なのかな……」

「そういうことなら、『そういえば』じゃないでしょう。最初にそっちを言いなさいよ」

「でも、お腹が減ったかって先に聞かれたから……」

「もう……、俊君が持って来た話の方が重要でしょう」

「でも、絹ちゃんに聞かれたことには、まず、ちゃんと答えないといけない……のじゃなかったのかな……」

「うん？　まあ、それはね……、確かに、重要かな。それで、そのこと、どうしてわかったの？」

「ああ、何かの宗教関係の勉強会みたいな中で歴代講師の所にあったんだけれど……、大学の講師もしていたみたいで、まあ、今は関係ないな、その歴代講師のところに名前と、生まれた年、死んだ年が書いてあって……、まあ、その人でいいのかどうかの確認で時間がかかったんだけれど、八十二歳で亡くなっていたんだ。それと、住んでいたのは群馬県だったよ」

「群馬っていうと……うちに近いかな」

「まあ、埼玉からは、隣の県ということだからね」

「わかってるよ、そんなこと」

急に、絹子が何かを考え出した。

「大月田玄斎さんの家族でも捜すの？」

「そういうことじゃ……ないの……、今、考えているのは」

「じゃあ、どういうこと？」

「俊亮さん……、わたし、考え事。ちょっと、黙って、待っていて下さいね」絹子がゆっくりと言った。

「はい、わかりました。どうぞ、ごゆっくりと、お考え下さいませ」俊亮は悪びれもせずにそう言って、冷蔵庫に向かった。絹子が考えている間に、冷たい麦茶でも飲もうと思ったのだ。

「麦茶いる？」絹子が考えていることなど、まるで気にかけないような俊亮の言葉。絹子は、怒ることも諦めた。

「フ〜ッ、ええ……、ちょうだい」

絹子が目を上げると、俊亮は、いつもとまったく変わりなく、冷蔵庫の前で、レンジの端においたグラスに麦茶を注いでいた。

俊亮のこだわりの麦茶だ。

夏場、俊亮は、毎日のように、麦茶を自分で作っている。水出しのではなく、麦茶用に焙じた麦を買ってきて、やかんに入れて煮出して作る。このために、俊亮専用のやかんがあるくらいだ。十時くらいに冷蔵庫に入れたものが、ほどよく冷えていた。

俊亮は、椅子に座りながら、絹子の前に麦茶の入ったグラスを置いた。絹子は、正面の俊亮をじっと見詰め、ニコッと笑った。

「うん？　どうしたの？」俊亮が聞いた。

「あなたって、空気が読めないんじゃなくて、空気を読まない、さらに、まるで読む気がない、なんだね」

「う〜ん。……思った以上に怒っているんだね」

「いつものことだよね」

「まあ、そうなんだろうね……。で、何考えていたのさ」

「フ〜、まあいいか……、今考えていたのは、うちに帰ることができるのかなってこと」

「埼玉に？」

「ええ、まあ、お盆にも帰らなかったしね」

「で、帰れるの？」

「ええ、埼玉だと、今月から来月は、ほとんどの日が大丈夫みたいなんだ……」

絹子の場合、どこかに行こうとした時、そこに行けるのか、行けないのかが重要となる。どうやってその行けない日がわかるのかと、前に、俊亮が聞いたことがある。その答えはというと、その場所のイメージを持ちながら、一日一日を頭の中に浮かべていく。すると、この日はダメだというのが自然とわかる、ということだった。俊亮は、それで納得し、それ以上の質問をしなかった。

「行きたいときが行ける日になっているということは、行った方がいいということになるのかな？」俊亮が言った。

「まあ……、そう考えてみたいところよね……」


「それで……、埼玉に行く狙いは？」

「『あの世学原論』……」

「あれっ？　伯父さんの所には、もう、ないんじゃないの？」

「ええ、本は、たぶん、もう、どこにもないのかもしれないわよね」

「うん、おれも、この間、黒松さんの話を聞いてから、何だか、そんな気がしていたんだけれど……。それで、どうして伯父さんなの？」

「伯父ちゃんの頭の中に残っているのをほじくり出してみようかなって」

「頭の中に……」

「ええ、昔……、わたしが小学生や中学生の頃だったんだけれど、『あの世学原論』の話をしてくれるの、すごく楽しみにしていたもんで、伯父ちゃん、本の文章を覚えて、まずそれを暗唱してからいろいろな話が始まったんだよね」

「ふ〜ん。それで、頭の中か……」

「伯父ちゃんてね、案外、頭、いいんだよね」

「案外なんて失礼じゃないの。頭、いいの、すぐにわかるよ」

「うん、時々ずっこけるんだけれどね……。それで、ひょっとすると覚えているんじゃないかと思ったのよ。三、四回、もっとかな……、繰り返したはずだからね。まあ、十年以上も前のことだから、全部は無理だとしても、部分的には、と思うのよね……」

「なるほどね……。それなら、近いうちに、行ってみようか？」

「うん、ただね……」

「うん？　何か、まずいことあるの？」

「ええ……、わたし、仙台に慣れちゃったでしょう？　だから、埼玉の暑さに耐えられるのかってことが、ちょっと心配でね……。伯父ちゃん、人生は修行だ、なんていうような感覚が強くって、普段、クーラーは使わないし」

「それが……、まずいことなの？」

「そうよ。えっ？　何か、変……かしら？」

「あっ、いや、変ということじゃないんだけれど……。暑いのは、嫌だもんね」

「そうよ、俊君だって、夏には東京の実家に帰らないじゃないの」

「ああ、それは、確かに、そうなんだよね……。あっちの暑さは違うからね……。でも、何ていっても、今は、『あの世学原論』だよね」

「そうなんだよね。暑いなんて言ってられないかもしれないよね」

「この間、北山が、大阪の方が、東京より暑いんだぜって自慢していたんだけれど、なんだか、楽しそうだったな」

「うん？　俊君、何を言いたいの？」

「どんな暑さでも、行けば、何とかなるかなって感じを……、まあ、言いたかっただけなんだけれどね」

「どうも、俊君のその辺の連想パターン……というか、話の飛び方……、つかめないところがあるんだよね」

「まあ、そうかもしれないね……。ただ、フッと思いついたこと、何も考えずに、口にしちゃうからね。でも、行こうよ」

「まあ、ぐるっと回っての結論だね、次の土日にでもしようか？」

「うん、いいねえ……。何だか、楽しくなってきたよね」

「フフ、俊君なら、そうなんだろうね」

「絹子さんよ……。それは……、いくら何でも、無理というものじゃないですかねぇ」

晶観が言った。

絹子の実家。寺の脇に建つ住まいの居間。

晶観の淹れた紅茶で、絹子の伯母一枝が買っておいてくれたケーキを食べながら、今回の帰省の目的を絹子が話したあとのことである。

絹子と俊亮、晶観と一枝がテーブルを囲んでいる。

普通、晶観は、絹子のことを「絹子」とか「絹」と呼んでいる。それを、「絹子さん」とさん付けで呼び、しかも、普段よりも、少し丁寧語だ。絹子は、冗談めかしたその言い方の裏に、驚きと戸惑いを嗅ぎ取った。

手に入らなかった本を、思い出させせようとするその発想に対しての驚き。おそらく、これから、何としてでも思い出して欲しいと、絹子に言われるのだろう。そして、少しは思い出せそうだが、次を、さらに次をと言われると、かなり苦労しそうである。それも、土曜と日曜の今日、明日でとなると、辛い二日間になりそうだ。そんなことが頭に走りながらの伯父の言葉だと絹子は感じ取ったのだ。

「もう、十数年になるのかな……。そんな昔のことだよ。本がボロボロになって、処分してからだって、それこそ十年は経っているんだよ」

「でも、少しは思い出せそうなんでしょう？」

「うっ？　うん……、まあ、そうだね。……やれやれ、絹子にはバレバレなのかな？　でも、本当に、ちょっと、大変そうなんだよね」

「そんなにキッチリでなくてもいいんだよ。伯父ちゃんの思い出せるところを、適当に話してくれれば、それでいいんだから」

「それで済むのかね……。ハハハ、まあ、そうだね。……まず、どこか、思い出す切っ掛けを探さないといけないかな」

そう晶観が言って、何かを考え出そうとしたとき、絹子が、ゆっくりと言い出した。

「一の定義として、あの世とは、霊の世界である。まず、あの世は、この世とは別の世界と捉える、初心の段階から始めよう。あの世は霊の世界、そして、この世とは別の世界……、従って……」

「従って……、この世に暮らしていれば、霊と触れ合うことなどあるはずがない。そう考えている人間は多いようだが、その思い込みは、ふとした切っ掛けで崩れるものである。……なるほど、出てくるもんなんだね」絹子のあとを繋ぐようにして暗唱した晶観は、ポツリと感想を述べた。

「とはいえ……、この文章は、ここまでしか出てこないな」

「その先は？」絹子が聞いた。

「う～ん、……確か、金縛りに遭うと何とかかんとかで、霊と接することができるとか……。何か、そんな感じだったようだけれど……、その間に、何かあったのかな」

「そうか……。いずれにせよ、そんな感じの文章は聞いた記憶がないな……。でも、金縛りの話は聞いたことがあるよ」

「まあ、あの本、流れるような文章で全部が綴られていた、というわけではなくてね。……正直、けっこう、わかりにくかったり、覚えづらかったりというところもあったんだよね……。また、そういうゴチャゴチャしたようなところは、絹子も喜ばなかったしね。それで、そんなところは、文章抜きで、内容だけをわかり易く絹子に話した……。そのように覚えているね」

「そうか……。それで、わたしが覚えている本文は、途切れ途切れなのかな」


「金縛りになると、霊と話ができるんですか？」晶観と絹子の話に区切りが付いたところで俊亮が聞いた。どうしても聞きたかったのだが、口を挟む隙がなく、少し話が流れてからの質問となった。

「うん？　ああ、本の内容でのことだよね……。確か、霊と話ができるとかそういうのではなく、場合によっては、霊と会うことがあるというような話だったね」

「伯父ちゃん、金縛りは、身体から魂をずらすって言っていたよね」

「そうだね……、確か、そんな感じだったかもしれないね」晶観は、はっきりとは覚えていなかった。

「身体から、魂をずらすって？」俊亮が聞いた。

「魂を身体からずらして……、だから、まあ、幽体離脱に近い状態になるんだって、伯父ちゃん、そうだったよね？」

「幽体離脱か……。やっかいなのが出てきたな」

「ひょっとして、伯父ちゃん、その辺のことは、覚えていないの？」

「うっ、うん……。まあ、そんなところかな」

「となると、それ、伯父ちゃんが付け足したところなのかな？」

「すまん、その、金縛りと幽体離脱の関係については、よく覚えていないんだがね……。しかし、幽体離脱について、書いてあったことはあったんだよ。『この世では、魂は肉体と強く結び付いてはいるが、本来、別のものである。従って、時として、魂が肉体から離れ、体外をさまようことがある……』というところは、覚えているんだよね」

「うん、そこはわたしも覚えている……、で、その続きは？」

「うん？　う〜ん」晶観は少し考えたが、後は出てこなかったので、すまなそうに言った。

「ダメ……かも……しれないね」

「やっぱり、途切れ途切れだね」絹子が言った。


「それじゃ……、わたしは、夕飯の支度をするから、まあ、ごゆっくりね」

四時を少し過ぎたところで、一枝が笑い顔でそう言って、立ち上がった。

「あっ、伯母ちゃん、わたしも手伝うよ」

「いいよ。今日は、ゆっくりと、兄さんと話していなさいよ……。夕飯の時には、うちの人も来るから、兄さんから聞き出すのなら今のうちだよ」

「そうか……、うん、じゃあ、そうするね。伯母ちゃん、ゴメンね」

「いいんだよ。それじゃ、俊君もごゆっくりとね」

「はい、すみません」

「兄さん、がんばってね」

晶観をからかうように言って、一枝は、居間を出ていった。


「それじゃあ……伯父ちゃん、これから夕飯まで、ゆっくりと話を聞いていこうかしら、ね？」

「ふ〜っ、やれやれだね……」

「ウフ、大丈夫だよ、そんなにいじめないから」

それから、絹子は、自分の覚えている文章を口にし、それに関して晶観の覚えていることを聞くという形で話を進めた。


九時過ぎに一枝夫婦が帰り、絹子、俊亮と順に風呂に入ってから、二階の絹子の部屋に上がってきた。二階には三部屋あるが、一部屋は特に何も使っておらず、絹子は残る二部屋を使っていた。何しろ、この家には、今は晶観しか住んでいない。すべてのことが、一階だけで足りている。

「何だか、暑いのに、慣れてきた感じだね」俊亮が言った。二階の窓は、網戸にして開け放っている。ということは、クーラーはつけていない。

「ね、伯父ちゃん、クーラーをつけないでしょう？　一日中、暑かったよね」

「でも、今日は、さほど暑くないようなこと、伯母さん、言ってたね」

「そうはいってもなのよ。こっちの人は暑くなくても、仙台と比べると、ずいぶん暑いじゃない？」

「うん、そうなんだよな……。正直なとこ、夕方は、ちょっとこたえたね。……でも、まあ、今は平気かな」

「それならいいんだけれど」


「でも、絹ちゃん、ずいぶん覚えていたんだね」

「うん？『あの世学原論』のこと？」

「もちろん、そうだよ」

「そうかな……。ずいぶんというなら、ずいぶん抜けているんだと思っていたんだよ……。でも、伯父ちゃんの話からは、これ以上、あんまり膨らまない感じだね」

「そうだね……。何だか、絹ちゃんの覚えている範囲の方が広くて、内容もしっかりしているって感じだよね。話を聞いていて、ずいぶん、面白かったよ。絹ちゃんの記憶していたこと、ほとんどの内容を、カバーしていたんじゃないのかな……。何だか、一通り読んだような感じだよ」

「そう？　それなら良かったけれど」

「もう、本が見つからなくても、いいのかもしれないな」

「えっ？　もう、欲しくなくなったの？」

「うん……、まあね……。中身が、だいたいわかったような感じになったからね。ページ数から考えても、あれでほとんど全部だと思うんだ。まあ、あればあったで読んでみるけれど、なければなくて、このままでもいいっていう感じだな」

「相変わらず……、いつものパターンだね」

「まあね……。今回、埼玉に来た目的は達成した、ということかな……。でも、よく覚えていたんだね」

「ええ、まあ、昔、別に覚えようとして覚えたことじゃないんだけれどね」

「子どものときに興味があったことって、すごいよね」

「そうなんだね」

「夕食の前、もうこれで終わりにしてあげるって絹ちゃんが言ったとき、伯父さん、ずいぶんホッとした顔をしていたね」

「フフ、明日もこの調子で一日縛られると思っていたからね……。でも、やっぱり、無理だったんだね」

「結局、数彦と話す方法には結び付かなかったね」

「まあ、それはね……。わたしの知らないところに書いてある可能性もあるのかと思っていたんだけれど、どうも、そんなところはなさそうよね」

「うん、絹ちゃんの覚えていることで全部……、『あの世学原論』なんだから、初め、霊との話し方なんていうのがあってもいいのかなって思ったんだけれどね」

「まあ、そう考えても不思議じゃないけれど……。でも、この本、ちょっと違う感じなんだよね……。覚えているところだけでも、よく考えると、もう少し違ったもの。何と言うのかな……、一つの世界観、いや、人生観……とでも言うのかな、そんなものを扱おうとしているって感じるのよね……。『そもそも、あの世がなければ、そして何度も死んで、何度も生まれるということがなければ、お釈迦様も、あそこまではお悩みにならなかったろう。現在では輪廻転生を教えに含めなくなった宗教でも、死後は神のもとへと旅立つ世界がある……』というところなんか、もう、確信的な感じじゃない？」

「ああ、そこについての話のとき、伯父さん、自分で播いた種は自分で刈ることになるって……、確か、黒松さんと同じようなことを言っていたよね」

「ええ、そのこと、実は、昔も、聞いたことがあるのよ。たぶん、『あの世学原論』の本文にもあったのかもしれないわよね……。まあ、そんな、確たる人生観のようなものを感じたからなんだろうね、そんなことを、もっときっちりと書いてあるところがほかにあって、わたしの記憶しているところは……、抜けてるところが多いんだと感じていたんだけれどね……」

「ふ〜ん。……でも、そういう……人生観を扱っているはずなのに、実際にはしっかりと書いてなかったかもしれないっていうこと……、気になっていたことに結び付くな」

「うん？　気になっていたことって、何よ」

「ああ、黒松さんから聞いた話さ。大月田先生が、この本の講義を始めてから、何か感ずるところがあって、仕事を辞めたってことだよ」

「ああ、そうか……」

「たぶん、書いているときには気が付かなかった、自分の中にあるもっと大事なものが、講義をしている間に見えてきたんじゃないのかな……。絹ちゃんの言った人生観みたいなものっていうやつがさ」

「なるほどね……。そうかもしれないね……。となると、それは、もう、あの世学ではないかもしれないね」

「うん？　どういうこと？」

「やっぱり、この本の根底にあるのは、死んだらどのような世界に行くのかということではなくて、そういうところに行くのを前提に、どう生きるかってことで……。ほら、あの世学の中にある『あの世とは、実は、本来、すべての人が経験してきた世界なのだ。死後の世界は、生まれる前に通過してきた世界でもある。人は、あの世にいるときに、次にどのような人生を過ごすのかを考えて、この世に生まれて来たのだ』ってなって……」

「輪廻転生が完全に前提になっているよね」

「ええ、だからね、あの世に行くまで、というか戻るまでの間、この世にいるうちに、どのように生きるかってことが大事になってくる。そのようになると思えるのよね」

「そうか……。なるほど……。確かにそうなっていくよね」

「だから、大月田先生にとっても、『あの世学原論』は、もう、必要なかったのかもしれないね」絹子が遠くを見るような目で言った。


「数彦のことだけれどね……」俊亮がゆっくり話し始めた。

「ええ……」

「おれ……、もう、ああいうこと、考えなくてもいいって、そんな感じがしたんだ」

「あらっ？　俊君……、数彦さんの話を聞けなくてもいいじゃなくて、いきなり、考えなくてもいいというところまで行っちゃうの？」

「ああ、そこまで、行っちゃったって感じだな……。本当に事故だったのか、あるいはそのほかの原因で死んだのか、聞きたいと思っていたそんなこと、もう考えなくてもいいよって……、なんだか、そんなこと、数彦に言われたような感じがしたんだ……」

「ふ～ん、数彦さん、そのこと、俊君に、一生懸命に、伝えようとしていたのかもしれないね」

「ああ、そんな感じなんだよな……。この間から、時々、あいつの存在を意識するようになったろう。……でも、そんな時にも、嫌な雰囲気はないしね。それで、別に話せなくっても、なんか、もう、今のままでいいように思うんだ。あいつのことはあいつのこと、あいつが、やっぱり解決するんだと思うんだ、あの世に行こうが、この世にいようが、ね」

「なるほどね……。そうなんだろうね」


「あれっ？ この感覚ってさ、おれが最初に、数彦が死んだ話をしたときに、絹ちゃんが受けた感覚に似ているのかな？」

「ああ、あの時ね……。そうね、話している俊君から受けた感覚は……、確かに、そんな感じだったかもしれないね」

「おれから、受けた……のか。それじゃあ、おれ、認識していなかったけれど、そんな感覚を、そのときすでに持っていたのかな？ それを北山に掻き混ぜられて、時間が経って、また落ち着いて……なのかな。……うん？ まてよ、それにしても、この半月間の動き……、その必然性はというと……」

いったい、何のためにこの半月間は存在していたのだろうか。そんな思いを俊亮は持った。心の奥に持っていた感覚を、ただ認識するための期間としては、いろいろと重要なことがありすぎた。何か、もっと、人生にとって大事なことが示されていたと考えてもいいはずだ。

「『あの世学原論』の知識を取り込み……、自分自身の感覚をはっきりと認識するためにあった……ということなのかな。……いや、違うな……、この半月間の必然性は……、何か……、もっとほかにある……、う～ん」

俊亮は、ぶつぶつ言いながら、何かを一生懸命に考え込んでいるようだった。絹子は、いつものことが始まった、と捉えながらも、優しい気持ちで待っていた。

と、急に、俊亮が言った。

「そうだ、これか……。ねえ、絹ちゃん。結婚しないか？」

「えっ、なっ、何言ってんのよ、急に……。わたし、結婚、できないことの本当の理由、この間、やっと俊君に説明できたんじゃないの」

「うん、だから、それも今回のからみで出てきたことだろう。それに、話を聞いてみたら、たいした理由じゃなかったじゃないか」

「えっ？」今まで和やかだった場の雰囲気が、急激に変わった。

絹子が怒ったのだ。

絹子は、じっと俊亮をにらんだまま、ゆっくりと言った。

「たいした……、理由じゃ、ないって？」

「ああ、おれから見るとね、絹ちゃんの言っていたこと……、たいして気にしなくていいことだと思うんだけれどね」

「それ……。わたしに……、本気で……言ってるの？」絹子の声は怒りで小さく震え、目がキラキラしている。

「うん、そうだよ。心配無用のことを勝手に心配しているって感じなんだよな……。だいたいさ、愛情を持ってやさしく接してくれる母親に対して、子どもが怖れを持つかもしれないなんて……、まずあり得ないんじゃないの……」絹子の怒りにもまったく無頓着に、俊亮が言い切った。

「それに、おれと結婚すれば、生まれてくるのは、おれと絹ちゃんの子どもなんだぜ。絹ちゃんよりも、もっとすごいヤツかもしれないじゃないか」

「えっ？　もっと……すごい？」あまりにも突拍子もない言い方だったので、絹子は、怒りを忘れ、つい、聞き返してしまった。

「ああ、もっとすごい……、だから、絹ちゃんよりも、もっとすごい不思議な力を持っていてさ、もう、おれと絹ちゃんが力を合わせても、到底太刀打ちできないようなレベルの人かもしれないよ……。その、お子さん」

この発想に対しては、さすがの絹子もすぐに消化できなくなって、何も言えなくなってしまった。自分の子どもを、『人』とか『そのお子さん』と呼ぶ距離感も、絹子には新しい響きとなって振動し、心の怒りを霞ませてしまった。

しばらくの間、絹子の頭の中では、今の俊亮の言葉が、ぐるぐると回っていた。

俊亮の顔を見詰めたままだった絹子の瞳から、やがて、怒りが消え、涙がぽろぽろ溢れてきた。

俊亮が、そっと絹子に近付き、軽く抱くと、絹子は俊亮の胸に顔を埋め、大声で泣き始めた。その姿勢で、絹子は、しばらくの間、泣きじゃくっていた。

俊亮の胸に顔を埋めてしばらく泣いたあと、絹子は、少し軽い気持ちになって、自分の怖れていたことなどについて、もう一度ゆっくりと説明しながら、俊亮と話をした。

自分の思いを説明しながらも、俊亮に言われたことの方が分があるような気がしてきて、戸惑いも湧いてきた。それでも、時々噴き出そうとする怒りのような感情はあったが、それを完全に抑え込み、落ち着いた気持ちを保って、俊亮との会話を続けることができた。

俊亮との話の中で、印象に残ったところは、布団に入ってから、何度も、頭の中で繰り返してみた。

「おれ、どちらかというと、子どもが親を選んで、生まれてくるんじゃないかと思うんだよね」

前の会話と、どこかで繋がっている感じはするのだが、どこでどのように繋がっているのかというと、はっきりとはしない、相変わらずの、俊亮の突然の話題転換だった。ただ、生まれてくる子どもが絹子を怖れるということはないという、俊亮の考えを、いろいろな角度から補強して、絹子の不安を取り除こうとしていることは、明らかだった。絹子は、それを承知で、何気なく、その話に入っていった。

「え〜っ？　どうして？」

「だって、親はこの世にいるんだから、親が子どもを選ぼうとしても、もう、選べないじゃないか」

「どういう……こと？」

「さっきも話に出たんだけれど、『あの世学原論』に、『死後の世界は、生まれる前に通過してきた世界でもある』の次にさ、『あの世でどのような人生を過ごすのかを考えて、この世に生まれて来たのだ』ってあったろう？」

「ええ……」

「だから……、霊？　……あれっ？　霊というのかな？　魂というのかな？」

「そんなのどっちでもわかるから、で、何よ」

「じゃあ、霊じゃなくて、魂としておこうかな……。この魂のね、生きている……、これも変だけれど、まあいいか、その、魂の、生きている場の中心となるのは、あの世であってね、この世っていうのは、逆に、あの世から、何か、やりに来るような感じのところだって言ってるんじゃないのかなって」

「ふ～ん、なるほどね……。『あの世学原論』のその文章、一度聞いただけで、よく、そこまで、考えられるね」

「ああ……、まあ、前に考えたことと重なるところもあってね……。で、そのことからもね、あの世にいて、次にどのような人生を過ごすのかを考えるのなら、当然、この人の子どもになってやろうってとこまで考えてから生まれてくるんじゃないかなって……」

「う～ん、その段階での話の繫がりが、今ひとつ、ピンとこないんだけれどね」

「まあ、ピンとこなくても、否定もできないだろう？」

「だから、ピンとこないんだから、否定も、肯定もないんだけれどね……。なるほどね、子どもが親を選んでくるって言うのね……」

「ああ、だからね……、生まれてくる絹ちゃんの子どもは、絹ちゃんを母親として選んだ時点で絹ちゃんの力のことは知っている、まあ、だから、生まれてきたときには、絹ちゃんの特殊能力は、すでに織り込み済みということだって、いうことになるのさ」

「ふ～ん、なんだか、都合よくでき過ぎている感じもするんだけれど……。でも、それじゃあ、逆のことを言うと、わたしが、お父さんとお母さんを選んで、生まれてきたっていうことだよね」

「そうだね……。結果として、今のようになるためにね」

「結果として、今のように……ね……。う〜ん。これは……、わかりにくい俊君の中でも、特に、わかりにくくて、難しいところだね」

「そうかな……。単純な感じの考え方なんだけれどな……。まあ、実は、昔、そんなことが書いてある本を何冊か読んでね。そのときいろいろと考えたことに、さっき聞いた『あの世学原論』をくっつけただけなんだけれどね」

「その……、昔は、俊君自身はどう考えたの?」

「ああ、昔考えたのは、ただ、親は子どもを選べないっていうのは確かだろうから、選ぶというのがあるとしたら、子どもが親を選ぶんだろうなって、そんなところから始まって……、まあ、後は、いつものように、いろいろなことを考えていたんだよな……」

「なるほどね……。いろいろ考えている間に、『選ぶというのがあるとしたら』っていう前提が、どこかに行っちゃったんだね」

「まあ、その部分は、おれとしては、なくてもいいようなもんだからね」

「どういう意味よ?」

「うん、そもそもが……、なんか……、親子の繋がりっていうのを考えていたとき……、どちらかが選んで、親子関係が成り立っているような気がしたから……、まあ、そんなことを考え始めた、というところかな」

「ふ〜ん、……それにしても、妙なこと、考えるんだね。それ、いつ頃のことなの？」

「東京での仕事を辞めて、仙台に戻ってきた頃……。毎日毎日、一人でのんびりと、いろんなこと考えていたから……」

「そういえば、大沢さんに会うまでは、特に、短期のバイトもしていなかったって言っていたよね」

「うん、一年くらいは完全に何もしなくていいかなって思っていたんだけれどね……。実際には……、十月にバイトを始めたから……、四、五、六……、う〜ん、六カ月か。なんだ、何もしなかったのは、半年間だけだったんだな……。もっと長かったような気もするんだけれどな」

「いい若いもんが、六カ月間も何もしなかったら、充分過ぎるほど長いと思うよ」絹子が言った。

「そうかな……」

「で、その間、毎日毎日、ずっとそんなこと、考えて、暮らしていたの？」

「ずっと、そんなことって……、こんなことだけじゃなくて、もっといろんなこと考えていたんだけれど……、でも、まあ、毎日毎日、同じようなパターンで、本を読んだり考えごとをしたりして、ぷらぷら散歩して……、そんな感じで暮らしていたのには違いないな」

「ふ〜ん、そうだったんだ……。でもさ……、俊君の場合って……、そうやっている俊君を想像しても、別段暗くもなく、普段、仕事をしているときと、たいして変わらない感じがするのが……、なんとも、不思議だよね」

「なるほどね……。そんなこと、考えたこともなかったけれど……、でも、まあ、基本的な動きは同じなんだろうからね」

絹子は、俊亮の、そんな気負いのない生き方に、癒やされる感じがし、ベッドに上半身起き上がり、その隣の、下に寝ている俊亮を見た。

絹子は、畳の部屋に置いてあるベッドで寝ているが、俊亮は、暑いからと、枕だけ用意して、畳の上にそのまま寝てしまった。絹子のベッドのすぐ脇のところである。

窓を開けたままで、カーテンは半分しか占めていない。広い敷地の寺とはいえ、町の灯りが入ってきて薄明るく、俊亮の寝顔ははっきりと見える。

『フッ、あんな話のときに……、いきなり、こいつ……、結婚しないか……だってさ。どういう脈絡で、あんな話になるのかな……。それに、寝る前にもう一度、やっぱり結婚しようぜ、じゃあね……。さてと、どうしましょうかね……、ねえ、絹子さん』絹子は、自分に問いかけた。

いろいろと話したあと、俊亮が、寝る前に、「ねえ、絹ちゃん、やっぱり、結婚しようぜ」と再度誘った。

それに対して、絹子は、「そうね……。ちょっと……考えてみるね」と答えた。

「おっ、それはいいですね……。じゃあ、おやすみ」嬉しそうにそう言って、俊亮はすぐに寝てしまった。

それから、ずいぶん時間が経っている。今も、俊亮は隣でぐっすりと眠っている。

『何だか……、どうも、のどかで、さっぱりしすぎているんだよね、俊君は……。本当に、いつまでも、ずっと、そのままで、いてくれるのかしらね……』

しばらく、俊亮の寝姿を見ていた絹子は、やがて、横になって、目をつぶった。

絹子が寝たのは、朝方近くになってからだった。

翌日も、埼玉としてはさほど暑くはない日ではあったが、やはり仙台と比べればまだまだ暑い午前中、絹子と俊亮は、寺の周囲の散歩に出かけた。この辺り、昔は町の外れに位置していたとの晶観の話だったが、平地で、鉄道の駅から十分程度という便利性もあって、今では、マンションなども建つ住宅地になっている。

言った。

「わたしが小学校の頃は、この辺、畑だったんだよ」絹子が、目の前のマンションを指差して

「ふ〜ん。……想像できないな」

「目をつぶれば、その時の景色が出てくるんだけれど……、不思議と、冬の景色ばかりだな」

「この暑さで、よく、冬の景色が出てくるね」

「ほんとだよね……。夏の景色は、と……。そうか……、夏とはいっても、もう九月……、夏休みも終わって、学校始まっていたんだね」絹子が、懐かしそうに言った。

「そうだったね。九月は、夏休みが終わっちゃって、冬休みまでは、まだうんとあって、しかも暑くって、試験があってと、楽しいことを探すのが大変な月だったよね……」

「そうかな？　わたしは九月、好きだったな……。今でも好きだよ。暑い中にも、時々、秋を感じたりして。わたし、うちにいるより、学校に行っていた方がよかったからかもしれないね。それに、試験も嫌いじゃなかったし……。うん？　ここが俊君とは大きな違いだったのかもね」明るい笑顔で、絹子が言った。

「で、どうすることにしたの？」俊亮が聞いた。

「うん、俊君の言う通りにしてみるよ」

急に投げられた質問だったが、なんの質問なのかをすぐに理解して、明るい声で絹子が答え

た。

「えっ？　じゃあ、結婚、オーケーということ？」

「うん。昨夜、言われたように、とにかく結婚して、やってみる」絹子が、強く言い切った。

「よっし、これでまた楽しくなってきたぞ」

「フフフ、俊君は、これも、楽しいになるんだね」

「もちろん、これは、最上級の、楽しい、だね……。よしっ」


昼を食べて、そろそろ仙台に帰ろうかという時刻になったとき、絹子は、大事な決意を、大切な伯父と伯母夫婦には伝えておこうと思った。

「伯父ちゃん……、伯母ちゃん……。ちょっと、大事な話があるんだけれど……」絹子が、あらたまった雰囲気になって話し出した。

「うん、何だ、話してごらん」晶観が言った。

「うん……、実はね、わたし……、近いうちに、俊君と結婚しようかと思っているんだ……」

絹子にそう言われ、晶観と一枝夫婦は、ちょっと戸惑ったような顔をした。

「あの……それ……、どういう……意味だ？」恐る恐る晶観が聞いた。

思いもよらない、晶観の反応だった。絹子は、みなが、一斉に驚くと思っていたのだ。

「どういう……意味って？」絹子が聞き返した。

「いや……、何というか……、その絹子の言う結婚っていうのは……、一緒の籍に入って、同じ国見という姓になるということなのかい？　それとも……、近々……、結婚式や披露宴をするっていうことなのかい？」

「いや、そういうことは、もっと後から考えることで……、今は、わたし、俊君と結婚しようと思っているって、そのことを言いたかっただけなんだけれど……」

「あれっ？　それなら……、もう……。うん？　え〜と……だな……、去年、絹が、俊君と一緒に暮らしだしたときにだな……、まあ、一応、結婚したみたいなもんだよなってことで……、まあ、そんなことを、一枝なんかと話していたんだよ……。なあ、一枝」

「ええ……。一緒になれる人が見つかって、よかったねって……、そんな感じで。それと、どう違うのかしら」

「ええ〜っ、そうだったの？　でも、結婚のことなんか、何も話さなかったけれど……」

「まあな……。でも、絹が一緒に暮らせる人が見つかったって言うんで……、まあ、それで、めでたしめでたしだったからな……。そういえば、この寺でも、結婚式、できるぞ」

「今、そんな話、しているんじゃないんだけれど……。わたし……、いったい……、この一年、何だったんだろう？」

「うん？　なんかあったのか？」

「ううん。何でもない……」

絹子にしては珍しく、相手の感覚を感じ取れていなかったということになる。小さな動揺があったが、それだけ、自分を悩ませていたこと、ということなのかもしれないと、そのとき絹子は思った。

「俊君、時間だね。そろそろ帰ろうか？」気持ちを切り替えて絹子が言った。

「あっ、ああ、そうか……。そんな時間なんだね。そうしようか……。でもさ、結婚式、この寺でやるっていうの、楽しそうで、いいんじゃないか？」

「今ね、そんなこと、考える気にならないんだよ。じゃ、ちょっと二階に行って、荷物を片付けてくるね」そう言って、俊亮を促して、絹子は二階に上がって行った。

「今の、絹子の……、どういうことなんだ？」ややあっけにとられた感じで絹子を見送った晶観が、ポソッと一枝に聞いた。

「さあ……、何か……、絹ちゃんの中で、決心が付いたってことかしら？」

「今までは、付いていなかったのか？」

「まあ、よくわからないけれど、いろいろと段階があるんじゃないの？」

「段階か……」

「難しいもんですな……」脇から一枝の亭主が言った。

「ああ、どうも、よくわからんことが多いな……。で、一枝……、絹は怒ったのか？」

「怒ったというほどではないけれど、何か、ご機嫌を損じたかもしれないわね」

「やれやれ」


「まったく、もう……。みんな、絹子はすでに結婚しているんじゃないのっていう感じだったよね」二階に上がるなり、絹子が俊亮に言った。

「まあね……。なんだかんだ言っても、一年近くも一緒に暮らしているから……、しょうがないんじゃないの。北山もそんな目で見ていたよ」

「北山さんは、今、出てこなくていいのよ。伯父ちゃんと伯母ちゃんの問題なの……。わたしの気持ち、少しは理解してくれていると思っていたのに……」

「理解していて……、だから、一緒に暮らし始めたときに、ホッとしたっていうことじゃないの？」

「伯父ちゃん、さっき、ホッとしたなんて言っていないよ。結婚みたいなもんだって言ったんだよ」

「あれっ？　ずいぶん、ご機嫌斜めだね」

「また、俊君って、そういうこと、平気で言ってくるんだね……。そうよ、ちょっと斜めなのよ、わたしのご機嫌」

「それはそれは……、まあ、荷物、片付けちゃおうぜ……。たいした荷物じゃないけれど」

そう言って、俊亮は、着替えなどをカバンに入れ始めた。

絹子は、ベッドに腰掛けて、窓の外に目をやった。


「お母さんなのかな……」絹子がポツリと言った。

「えっ？」

「ケリをつける相手よ……。わたしの母親……。確か、わたしがお母さんを選んで、生まれてきたんだよね……」

「まあ、おれは、そう考えているんだけれど……」

「そうだよね……。俊君がそう言うのなら、そうかもしれない……。うん、そうだよね……。今度、お母さんに会ってみようかな……」

「う〜ん。そうか……、で、今……、どこにいるのか知ってるの？」

「詳しくは知らないよ……。ただ、伯父ちゃんに聞けばわかる……。お母さん……、お父さんが死んでから、少し、精神的に安定しなくなっちゃってね……、今でも、病院に出たり入ったりを繰り返しているらしいんだよ……。実家の……静岡の方でね……。伯父ちゃん、なんか、お母さんの生活……、昔から援助しているみたいで……、繋がってはいるんだよ」

「そうだったのか……。それで、その、お母さんの具合、よくはならないの？」

「完全にはね……。昔、そんなこともあって、わたしへの怖れが変な形で増幅しちゃって、耐えられず、あんな虐めになったんだと、今ではわかるんだ」

「そうなのか……」

「ただね、わかってはいても、どうしても、許せないところもあってね……」

「ふ〜ん。……それって、かなり、難しそうだな」

「まあ、俊君にはね、わからないことだと思うよ……。うん、そのうち、お母さんに紹介してあげるね。さあ、そろそろ仙台に帰ろうか」急に元気な声になって、絹子が言った。

「そうだね……。うん、これからも、いろいろ楽しみなことばかりだな」

「フフ、わたしもね、そうすることにしたんだ。楽しいことばかり。ねえ、この、重い、わたしのカバンも、俊君、持ってね」

「あいよ」

俊亮が軽々と絹子のカバンを持ち上げて、二人は、階段を降りていった。

あとがき

『あの世学原論』は、もう、どこにも存在していない、そんな感じですね。

実は、「播いた種は自分で刈ることになる」というところ、『あの世学原論』にはどのように書いてあったのか、ちょっと気になっていたのです。でも、晶観さんもしっかり覚えていないところから考えると、おそらく、「因果応報」のようなことが書かれていたところに、ただその言葉があっただけ、と推測できます。そんなところに書かれていたので、話の中では、黒松先生の話でも、悪いことをすれば、その責任を取ることになるよ、というような、戒め的な雰囲気が強く漂っていたのではないでしょうか。

でも、この言葉を、子どもの頃から何回も聞いていた絹子さんは、良い行いを積み重ねていけば良い人生を送ることができるはず、と捉えたいと考えているようです。

関東大震災の年に生まれ、東京の下町で育った母は、よく「天知る、地知る、我が知る」と言って、陰でも日向でも、自分を保って堂々と生きることを教えていました。

人が見てようが見ていまいが、悪いことはしない。これは、法律に触れなければやってもいいというような類いのものではなく、自分の判断で悪いと思うことはしない。で、いいと思うことだけをする。そんな生き方が、昔の下町にはあったように思います。

そもそも、「あの世」なるものがあるのかないのか。

ストレスで仕事を辞め、時間がたくさんあった俊亮君は、いろいろな本を読みあさり、どうも、もう、それはあるものとして、日々、暮らしているようです。

いや、実は、そんな本を読みあさる原因となった、不思議な体験も俊亮君にはあったようで、その経験を、自分自身で納得するためにそんな時間を過ごした、と言った方がいいのかもしれません。絹子さんに「感じやすい」といわれるゆえんです。

そんな下地を持って、日頃考えを進めている俊亮君。

どうも、われわれが本当にいるところは「あの世」の方であって、この世には、何かをしにやってくるようだ。そんな考えも、彼の一部で動いているようです。

その、「何か」を追求すると、まあ、「何のために生きるのか」と、同じことになりますよね。やっかいと言えばやっかいな問題です。

わざわざこの世にやってきて、本来持ち帰るつもりであったものに見向きもせずに、富だ名誉だと、あの世に持って行けないものばかりを集めるのに夢中になっている。それを楽しむこと、そんな生き方をすること、それは、まあ、各自の自由なのでしょうが、その過程でどのように生きるかはやはり大きな問題。で、そんな人生のあと、あの世に帰って、本人達はどう思うのかな、と俊君は眺めているのかもしれません。

では、この世に来て、あの世に持って帰ろうとしているものは何なのか。

そんなこと、簡単にはわかりませんよね。でも、ヒントは、今の自分の状態や置かれた状況にあるのかもしれません。そこで、できること、という意味でです。

俊亮君は、自分の今の環境が、それをするために最も適していると考えているようです。その延長として、「子どもが親を選んで……」という話を絹子さんにした。それは、来てくれるのはそういう子どもだから、相手がどう思うかを心配するのではなく、相手に、愛情を持って何をしてあげられるのかを考え、行動する方が大切だろうと、俊亮君は言いたかったのでしょう。

この本を読んで下さり、ありがとうございました。

また、この本を出すことができたのは、東京図書出版の方々のおかげです。感謝いたします。そして、絹さんのイメージを持つすてきな絵（表紙カバー：眠れ眠れ、扉次ページ：夏の中、あとがき前頁：星花）を提供して下さった、「まさの ^{w}」さんに感謝いたします。

ごとう　有一（ごとう　ゆういち）

1950年東京生まれの、埼玉育ち。1970年より仙台住まい。隠者とは何かも知らず「大隠は市井（朝市）に隠る」の言葉にあこがれ、社会に沈んで生活。お陰様で楽しく暮らせたが、定年退職して方針転換。65歳から「小説家」となる。

絹さんのあの世学

2016年10月9日　初版発行

著　者　ごとう有一
発行者　中 田 典 昭
発行所　東京図書出版
発売元　株式会社 リフレ出版
〒113-0021　東京都文京区本駒込 3-10-4
電話 (03)3823-9171　FAX 0120-41-8080
印　刷　株式会社 ブレイン

ISBN978-4-86223-996-9 C0093
Printed in Japan 2016
落丁・乱丁はお取替えいたします。

ご意見、ご感想をお寄せ下さい。

［宛先］〒113-0021　東京都文京区本駒込 3-10-4
東京図書出版